Carolin Philipps
TALITHA

Carolin Philipps

TALITHA

Obelisk Verlag

Bibliografische Information der Deutschen Nationalbibliothek
Die Deutsche Nationalbibliothek verzeichnet diese Publikation
der Deutschen Nationalbibliografie;
detaillierte bibliografische Daten sind im internet
unter http://dnb-nb.de abrufbar

Neue Rechtschreibung

Cover: Heike Ossenkop, www.hoponxit.ch
Foto: David Dieschburg/photocase.de
Druck und Bindung: Druckerei Theiss, A-9431 St. Stefan
ISBN Print 978-3-85197-825-4
ISBN E-Book 978-3-85197-835-3

www.obelisk-verlag.at

„Was sie nicht kennen,
befeinden die Menschen."
(arabische Lebensweisheit)

Budapest, Keleti-Bahnhof, 3.9.2015

Ich wollte nie ein Flüchtling sein, Fady! Ich wollte Damaskus nie verlassen!

Aber mich hat niemand gefragt. Ich habe es erst erfahren, als es zu spät war. Und selbst wenn ich es früher gewusst hätte, ich hätte es nicht ändern können. Meine Eltern haben es so entschieden, weil sie keinen anderen Weg mehr für unsere Familie sahen. Und ich kann ihnen noch nicht einmal böse sein, denn es ist meine Schuld, weil ich zur Verräterin geworden bin – aus Liebe zu dir.

Es ist meine Schuld, dass der Name meiner Familie nun auf einer Liste der Shabiha steht und was das bedeutet, weißt du.

Dass sie mich verhaftet und gefoltert haben, habe ich selber verschuldet, aber ich könnte es mir nie verzeihen, wenn sie auch meinen kleinen Bruder oder meine Eltern abholen würden. Darum ist es gut, dass wir gegangen sind.

Es ist eng in unserem Abteil. Neben mir sitzt meine Mutter, mein Bruder Noah schläft in ihren Armen, seine Beine liegen auf meinem Schoß. Auch in den Gängen sitzen, stehen und liegen Menschen herum. Babys schreien, kleine Kinder krabbeln auf und unter den Sitzen, Frauen und Männer, Junge und Alte, alles rennt und schreit durcheinander.

Der Zug ist abfahrbereit, aber er fährt nicht los.

Durch die Fenster fallen immer neue Menschen herein, auf die bereits sitzenden und stehenden. Ein wildes Gewirr aus Armen, Beinen und Köpfen. Ihre Gesichter sind verzerrt vor Anstrengung, Schmerzen, Angst und Wut.
Ein Lachen haben diese Gesichter lange nicht mehr gesehen.
Warum fährt der Zug nicht los?
Ich habe Angst.
Zwei Tage haben wir vor dem Bahnhof gewartet. Es war kalt, es hat geregnet. Alles war nass, auch die Decken, die man uns zum Schlafen gegen die Kälte gegeben hat. Zwei, drei, viertausend Menschen, bewacht von Polizisten und beobachtet von Fernsehkameras.
Ob sie zu Hause die Bilder sehen?
Wahrscheinlich nicht. Weil sie nur die Bilder zeigen, die die Regierung genehmigt. Vielleicht gefällt es ja Präsident Assad, wenn er sieht, wie dreckig es den Bürgern geht, die sein Land verlassen haben.
Aber was sind schon Kälte und Nässe gegen die Bomben und seine Geheimpolizei? Nein, niemand hier bereut es, gegangen zu sein.
Und doch habe ich Angst.
Wenn du mich fragen würdest, wie es mir geht, würde ich sagen: „ängstlich".
Die Angst in mir ist größer als der Hunger, größer als die Schmerzen in meinem Hals. Schlimmer als der Husten und das Fieber. Ich schwitze und friere gleichzeitig, aber am schlimmsten ist die Angst. Sie wohnt in meinem Kopf, im Bauch, in meinen Händen und Füßen und vor allem in meinem Herzen. Wie ein Krake hat sie sich in mir festgekrallt, als wollte sie nie mehr verschwinden.

Gab es eine Zeit ohne Angst?
Ich kann mich nicht mehr daran erinnern.
Ich habe Angst, dass dieser Zug nie losfahren wird, dass uns die ungarische Polizei herausholt und zurück über die Grenze schickt.
Ich habe Angst um meinen Vater. Wo ist er jetzt? Die Leute erzählen sich, dass in einigen Tagen alle, die ohne Visum über die Grenze kommen, in Ungarn illegal sind, verhaftet und ins Gefängnis gesteckt werden. Für Wochen, Monate oder sogar für drei Jahre.
Drei Jahre!!!
Wir sind aus Syrien geflohen, weil wir genau das nicht wollten.
Wo ist er?
Weiß er von dem neuen Gesetz?
Werden sie meinen Vater foltern?
Mutter sagt, darüber sollen wir nicht nachdenken. Das macht uns schwach. Und wir müssen stark sein.
Ich habe Angst um dich, Fady. Wo bist du? Wie geht es dir?
Werde ich darauf jemals eine Antwort bekommen?
Ich schreibe dir, um meine Angst zu vergessen, auch wenn du dies vielleicht nie lesen wirst. Meine Mutter hat gesagt: „Schreibe auf, was dir Angst macht. Worte sind wie ein Fischernetz, mit dem du deine Angst einfangen kannst."
Ich weiß nicht, ob sie recht hat. Ich werde es versuchen, bevor die Angst mich verrückt macht. Aber ich weiß nicht, wo ich anfangen soll. Es ist so viel passiert, seit wir uns das letzte Mal gesehen haben. Es war in einem anderen Leben, das mit meinem jetzigen nichts mehr zu tun hat.
Damaskus ist so weit weg wie die Sterne am Himmel. Unerreichbar weit weg – vielleicht für immer.

„Denk an etwas Schönes!", hat meine Mutter gesagt. An etwas Schönes ... Schönes ... Schönes ... Ich weiß nicht, wo ich danach suchen soll.
„In deiner Erinnerung", hat sie gesagt. Und dann hat sie die Mappe aus ihrem Rucksack gezogen. Fast zwei Monate lang hat sie sie in ihrem Rucksack mitgeschleppt. In der Mappe sind ihre Ausweise, die Uniabschlüsse meiner Eltern, unsere Schulzeugnisse und – du wirst es nicht glauben- mein Tagebuch mit deinen Briefen. Meine Mutter hat es vor unserer Abfahrt eingesteckt, obwohl Vater verboten hatte, persönliche Sachen mitzunehmen, die uns bei einer Kontrolle durch die Militärpolizei bei der Ausreise aus Syrien verraten könnten.
„Es sind deine gesammelten Erinnerungen. Die kann man nicht zurücklassen!", sagte Mutter. „Lies! Und dann schreibe! Schreib ihm, was passiert ist. Und wenn du ihn wiedersiehst, dann wird er verstehen, warum du gehen musstest."
„Werde ich ihn wiedersehen?"
„Ich weiß es nicht, Talitha. Ich weiß auch nicht, ob wir deinen Vater jemals wiedersehen. Aber ich hoffe es, weil ich ohne diese Hoffnung längst aufgegeben hätte." In ihre Augen kam für einen kurzen Moment ein winzig kleines Strahlen, das aber sofort von der unendlichen Müdigkeit, die in den Augen von uns allen wohnt, verdrängt wurde.
„Fady könnte tot sein."
„Ja, das könnte er. Aber er könnte leben. Vielleicht ist er auch auf der Flucht. Vielleicht ist er hier auf dem Bahnhof."
Das war so unwahrscheinlich, dass ich nicht einmal den Kopf hob, um aus dem Fenster zu schauen. „Oder er ist im Meer ertrunken oder wurde von Präsident Assads Geheimdienst verhaftet."

Mutter hat mir mein Tagebuch in die Hand gedrückt. „Lies und dann fange die Angst in deinem Herzen und sperre sie in Worte ein."
Der Zug fährt immer noch nicht los.
Immer mehr Menschen quetschen sich ins Abteil. Das Geschubse und Geschrei ist genauso unerträglich wie die Totenstille auf der Überfahrt im Boot. Es ist von allem entweder zu viel oder zu wenig.
Zwischen den Beinen und Armen, die versuchen, ins volle Abteil zu gelangen, beobachte ich den Bahnsteig. Ich suche nach den Polizisten, die überall hier herumlaufen und uns noch in letzter Sekunde aus dem Zug holen wollen. Sie schauen fast so finster wie die in Damaskus. Zum Glück tragen sie eine Uniform und einige eine rote oder gelbe Weste, so dass man sie schon von Weitem erkennen kann.
Anders als die Geheimpolizisten bei uns, die man erst bemerkt, wenn es zum Weglaufen zu spät ist.
Die Flüchtlinge erkennt man an den Rucksäcken, den Kapuzen und an den Augen. Sie sind müde, traurig, haben dunkle Ringe, viele sind verweint.
Budapester steigen nicht in den Zug. Sie bleiben lieber zu Hause. Vielleicht fahren sie mit anderen Zügen von anderen Bahnhöfen oder mit dem Auto. Ich würde auch nicht mit einem Zug fahren, in dem die Menschen wie Hühner in einem zu engen Käfig sitzen und stehen und schlafen und liegen und schreien und weinen und trauern und durcheinander reden. Vor allem durcheinander. Die Fenster sind weit offen, aber der Lärm bleibt wie eine dicke graue Wolke im Abteil hängen. Die Fenster sind versperrt durch Körper.
Gelacht wird nur selten, dabei sind die meisten Menschen

hier bestimmt ganz lustig. Aber hier und jetzt ist der falsche Ort dafür.
Nur meine Mutter lächelt mich an, mein Bruder schläft friedlich in ihren Armen. Ich öffne mein Tagebuch, stopfe meine Finger in die Ohren und fliege zurück in die Vergangenheit, die Paradies und Hölle gleichzeitig war …

„Sprich nicht voller Kummer
von meinem Weggehen,
sondern schließe die Augen,
und du wirst mich unter euch sehen,
jetzt und immer."
Khalil Gibran

Teil I

Damaskus
September 2013 bis Mitte September 2014

4.9.2013

Heute ist mein 14. Geburtstag ... und der Todestag meiner Großmutter.

Vor zwei Tagen erst haben wir uns von ihr in Maalula verabschiedet, nachdem wir wie jedes Jahr unsere Sommerferien bei ihr und Großvater verbracht hatten.

Maalula, das bedeutete solange ich denken kann: Ferien, Freizeit, Zeit mit dir, Qashto.

50 Kilometer entfernt von unserem Leben in Damaskus und hoch oben in den Bergen, das war weit genug weg von Schule, Hausaufgaben und Klausuren. Und es war auch weit weg von den Granaten, den Straßensperren und den Militärpolizisten, die überall bei uns in der Stadt herumspazieren und aufpassen, dass niemand etwas Falsches sagt und macht. Nur die Gedanken sind noch frei.

Natürlich mussten wir seit dem Beginn des Bürgerkriegs vor zwei Jahren auch auf dem Weg nach Maalula Straßensperren und Checkpoints der Regierungstruppen passieren. Aber sobald wir das Haus von Qashto sahen, war das alles vergessen. Und wenn wir dann erst mal um den großen Tisch neben dem Granatapfelbaum saßen und Qashtos Kebbeh mit Füllung, ihren Tabbuleh und ihre Butterkekse mit Dattelfüllung aßen, dann wusste ich, dass die Ferien begonnen hatten.

Draußen duftete es nach Jasmin und in ihrem Haus nach Zimt und Vanille.

Maalula war mein Paradies und nun ist es die Hölle.

Als Qashto sich von mir verabschiedete, überreichte sie mir dies Tagebuch als Geburtstagsgeschenk. Sie musste gemerkt haben, dass ich damit nicht viel anfangen

konnte, was mir jetzt sehr leid tut. Ich schreibe nicht so gerne, wenn ich nicht muss.
Als hätte sie es geahnt, sagte sie: „Verstecke es gut. Es wird der Tag kommen, da wirst du es brauchen."
Ich verstand nicht wirklich, was sie mir damit sagen wollte. Welcher Tag sollte kommen?
Bevor ich sie fragen konnte, legte sie mir den Finger auf den Mund und sagte: „Wenn der Moment da ist, wirst du es wissen."
Sie hatte Recht.
Heute ist mein 14. Geburtstag.
Wir haben nur in der Familie gefeiert, meine Freundinnen sollten erst am Wochenende kommen.
Dann kam wie jedes Jahr der Anruf aus Maalula. Er war für mich. Glückwünsche von meinen Großeltern, meinen Onkeln und Tanten und meinen Cousinen. Dachte ich jedenfalls und lief ans Telefon.
Es war der erwartete Anruf aus Maalula, aber niemand wollte mir gratulieren.
„Sie ist tot!", schrie Tante Hannah. Ich konnte sie kaum verstehen. Hinter mir im Wohnzimmer wurde erzählt und gelacht. Ich hielt mir mein rechtes Ohr zu und presste den Hörer an mein linkes, um besser hören zu können. „Was ist passiert?"
„Erschossen!" Ich hörte sie laut schluchzen.
Im Hintergrund laute Schreie und Schüsse.
„Wer? Wer ist tot?", schrie ich zurück.
Da riss mein Vater mir den Hörer aus der Hand. Er sagte nichts, hörte nur zu. Sein kreidebleiches Gesicht und seine Augen verrieten uns, dass ich mich nicht verhört hatte.

„Qashto!“, stammelte er.
Mutter wurde kreidebleich.
Es war totenstill im Wohnzimmer.
Das Maalula, das ich kenne, gibt es nicht mehr.
Warum Qashto? Warum du?
Es ist lange nach Mitternacht. Im Haus ist es ruhig.
Ich lag in meinem Bett und konnte nicht einschlafen.
Aus dem Zimmer neben mir hörte ich das leise Weinen von meiner Mutter.
Ich habe keine Tränen mehr, aber schlafen kann ich auch nicht.
Ich schreibe. Dein Buch, Qashto, hatte ich auf meinem Schreibtisch abgelegt. Die anderen Geschenke waren mir wichtiger.
Nun sitze ich hier mit deinem Buch am Brunnen. Es ist Vollmond. Der Jasmin neben mir duftet. Über mir die Zitronen am Baum. Ich wollte dir immer meinen Lieblingsplatz zeigen. Weihnachten. Du hast versprochen, Weihnachten zu kommen.
Nun ist es zu spät! Wie furchtbar klingt das! Endgültig für immer vorbei!
Ich habe dein Buch durchgeblättert. So viele leere Seiten! Und dann sah ich deine Handschrift. Mit deiner zittrigen Hand hast du auf die erste Seite geschrieben: „Das Leben besteht aus zwei Teilen: die Vergangenheit – ein Traum; die Zukunft – ein Wunsch.“
Und die Gegenwart? Qashto, was ist mit der Gegenwart?
Sie besteht nur aus Tränen.
Die Vergangenheit – ein Traum. Das verstehe ich.

Ein Traum, in dem du noch lebendig bist.
Die Zukunft, der Wunsch, dass du von den Toten auferstehst.

5.9.2013

Heute ist für uns die Schule ausgefallen. Es ist heute nicht wichtig, meinte Vater und selbst Mutter, die sonst immer darauf achtet, dass keiner von uns auch nur eine Stunde verpasst, hat nicht protestiert. Sie ist sehr blass und redet kaum. Ihr Körper macht alles wie sonst, aber ihre Seele ist ausgewandert und zurück nach Maalula geflogen. So wie meine. Nach Maalula, wo sie jetzt um Qashto weinen.
Wir wollten hinfahren, Mutter und ich, aber Vater und Großvater haben es verboten. Es ist zu gefährlich. In Maalula wird noch gekämpft. Im Fernsehen sagen sie, es sind Rebellen, die die Regierung von Präsident Assad stürzen wollen. Sie haben den Checkpoint der syrischen Armee, der den Zugang zu Maalula schützen sollte, gesprengt und dann das Dorf mit Granatwerfern beschossen. Aber die syrische Armee hätte den Ort nun zurückerobert.
Niemand glaubt den Nachrichten. Das Fernsehen wird von der Regierung gesteuert. Schlimmer ist, dass die Verbindung nach Maalula komplett abgebrochen ist. Wir wissen nicht mehr, als dass Qashto gestorben ist. Erschossen, als sie auf dem Weg zur Kirche war.

6.9.2013

In unserer Marienkirche sind Flüchtlinge aus Maalula eingetroffen. Meine Eltern sind sofort hingegangen. Sie erzählen furchtbare Dinge. Es waren Kämpfer der „Freien Syrischen Armee“ und islamistische Kämpfer der Nusra-Front. Sie sind von Haus zu Haus gegangen, haben die Männer aus den Häusern gezogen. Sie suchten nach Christen. Sie wollten, dass sie ihrem Glauben abschwören und Muslime werden. Wer sich weigerte, wurde erschossen, die anderen in die Berge verschleppt.

Wer konnte, ist geflüchtet.

Keiner weiß, was mit unserer Familie in Maalula passiert ist.

Wir beten jeden Abend, dass sie flüchten konnten.

7.9.2013

Mutter sitzt den ganzen Tag vor dem Computer und versucht, über ausländische Seiten mehr zu erfahren. Google ist verboten, aber das interessiert Mutter heute überhaupt nicht.

In den Bergen von Maalula wird weiter gekämpft.

Wenn die Familie früher zusammensaß, war es immer sehr lustig. Über Politik, über den Präsidenten Assad und über den Bürgerkrieg wurde kaum geredet. Unsere Familie ist wie die meisten Christen zwar nicht mit allem, was Assad macht, einverstanden, aber niemand kritisiert ihn offen, weil Großvater sagt: „Solange er uns in Ruhe in unseren Kirchen beten lässt, werden wir zu ihm halten.“ Religiöse Freiheit gegen Treue.

Im März 2011 hörten wir zum ersten Mal von Protesten gegen die Regierung von Präsident Assad. Die Nachrichten sagten etwas anderes als Freunde meiner Eltern. Und im Internet stand auch was anderes.
Es gab erste Tote und Verhaftungen. Worum kämpften sie? Die Regierung sagte, es seien Terroristen. Anfangs haben wir das geglaubt, bis Mutter im Internet die Bilder aus Daraa, einer Stadt im Süden an der Grenze zu Jordanien entdeckt hat.
Dort hatten Jugendliche Sprüche an die Schulmauer gesprüht: „Nieder mit der Korruption!"
„ Nieder mit dem Präsidenten!"
Assad aber darf man nicht beleidigen, nicht mal öffentlich kritisieren.
Der Hausmeister hat die Sprüche entdeckt und der Polizei gemeldet. Alle Schüler wurden verhört und einer verriet die Gruppe.
Der Chef des Geheimdienstes ist ein Cousin des Präsidenten. Er ließ die Jugendlichen verhaften und foltern, mit Elektroschocks. Man schlug sie und riss ihnen die Nägel ihrer Zehen aus. Jede Nacht wurden sie stundenlang verhört, weil man dachte, sie seien Teil einer Verschwörung gegen den Präsidenten.
Dabei war es doch nur ein Jungenstreich, wenn auch ein ziemlich dummer!
Als die Eltern beim Chef der Sicherheitsdienste in Daraa, der ein Verwandter Assads ist, nachfragten, sagte man ihnen, sie sollten nach Hause gehen und ihre Kinder vergessen.

Beim nächsten Freitagsgebet in der Moschee beteten sie für die Freilassung der Kinder. Die Eltern machten

eine friedliche Demo und immer mehr Menschen schlossen sich an.
Es waren doch nur Kinder.
Warum musste man sie foltern?
Und das mit der Korruption weiß doch jeder. Es ist ein Problem überall in Syrien, sagt Großvater. Nur hat niemand darüber geredet.
Der Cousin des Präsidenten ließ bei der Demo auf die Eltern und Verwandten der Kinder schießen und Assad schickte Truppen zur Unterstützung.
Die Menschen aber demonstrierten weiter bei den Beerdigungen ihrer Kinder und nach dem Freitagsgebet in der Moschee. Assad schickte weitere Soldaten und ließ sie beschießen. Er dachte, er könnte die Unruhen mit noch mehr Toten beenden.
Aber so war es nicht. Auch in anderen Städten protestierten die Menschen gegen das Vorgehen der Regierung.

Und dann ging es nicht mehr nur um Korruption. Die Menschen wollten demokratische Wahlen mit mehreren Parteien und eine Änderung der Verfassung. Assad hatte das Präsidentenamt quasi von seinem Vater geerbt, so als wäre er der Kronprinz in einer Monarchie. Die Wahlen sind nur Show. Es gibt ja nur die eine Partei und der Sieger steht schon vorher fest.
Ich frage mich, warum er das macht. Denkt er wirklich, irgendjemand glaubt ihm das ganze Theater?
Vielleicht nicht, denn warum sonst würde er im ganzen Land Reklame für sich machen. Er lächelt von Plakaten am Bahnhof, im Suq, an den Toren der Umayyaden-Moschee. Sein Bild ist auf viele Autos geklebt, auf Teller

und Tassen, an den Kühlschrank kann man ihn als Magneten kleben.
Unter seinem Bild steht überall: „Alle lieben dich!"
Ich nicht!
Und meine Familie auch nicht mehr. Mein Vater hat zwar noch einen Aufkleber mit seinem Bild an der Heckscheibe des Autos. Aber nur, weil das eine Menge Probleme erspart. Wenn er falsch parkt oder zu schnell fährt, sehen die Polizisten das Bild des Präsidenten, grinsen und winken ihn weiter.
In Damaskus gibt es immer mehr Demos, mehr Militärfahrzeuge, mehr Polizei, mehr von allem, was die Menschen kontrollieren soll, vor allem in der Nähe der Moscheen. Die Demos beginnen immer nach dem Freitagsgebet und breiten sich von dort über die Stadt aus.
Anfangs hatte das alles irgendwie nichts mit uns zu tun. Es passierte in einer Parallelwelt auf einem anderen Stern, von dem wir nur manchmal durch Nachrichten im Fernsehen hörten.
Aber dann kam es näher. Als Mutter mich vor zwei Monaten zur Geburtstagsfeier einer Schulfreundin fahren wollte, standen wir plötzlich vor einer Straßensperre. Ein Polizist mit Maschinengewehr fragte: „Woher kommen Sie? Wohin fahren Sie?"
Auf dem Platz hinter ihm konnten wir eine Menge Leute sehen, die Plakate schwenkten und schrien: „Nieder mit der Korruption! Für mehr Demokratie!"
Mutter hatte plötzlich Angst und so fuhren wir auf dem kürzesten Weg nach Hause zurück. „Das ist nicht unsere

Demo!“, sagte sie. „Wir sind friedliche Bürger. Das ist nicht unser Krieg.“
So dachten alle in meiner Familie.
Aber dann wurde es auch zu unserem Krieg.
Zwei meiner Cousins waren mit Freunden demonstrieren gegangen. Wahrscheinlich waren sie einfach nur neugierig. Jonathan wurde verhaftet und abgeführt. Er ist bis heute verschwunden. In einem Gefängnis oder tot? Wir wissen es nicht. Fünf der Demonstranten wurden erschossen.
Im Fernsehen sagten sie, es seien fünf Saboteure im Gefecht getötet worden. Aber das war eine Lüge. Zumindest Jonathan hatte keine Waffe dabei. Dafür gibt es Zeugen.

Seitdem holen wir uns die andere Seite der Wahrheit über das Internet. Da Google verboten ist, loggen wir uns in die französischen Zeitungen ein. Aber immer dann, wenn die Regierung lügt, wird das Internet unterbrochen. Vater benutzt den Krankenhauscomputer, der meistens funktioniert.
Ich habe vorgeschlagen, in der Schule am Computer zu recherchieren, aber Vater hat es verboten. Denn das dürfen wir für private Recherchen nicht. Die Schule riskiert sonst, geschlossen zu werden.
Aber wir bekommen französische Zeitungen zur Lektüre und so sitze ich in den Pausen mit Ayasha, meiner besten Freundin, in der Bibliothek. Wir lesen alles, was dort über Syrien zu finden ist.
Wenn es bei uns Erdöl gäbe, sagt Vater, hätten sie schon längst eingegriffen. Aber so interessiert es niemanden, was bei uns passiert.

Das Beste ist, neutral zu bleiben, aber auch das wird immer schwieriger. Vater wurde gezwungen, mit allen Mitarbeitern des Krankenhauses an einer Demo für Assad teilzunehmen. Er wurde interviewt. Wir sahen die Nachrichten. Er schaute kreidebleich in die Kamera und sagte mit leiser Stimme: „Es sind Banden, vom Ausland gesteuert, die unser Land fertig machen wollen.“ Seine Augen erzählten eine andere Geschichte. Aber das konnten nur wir lesen.

Als ich ihm bei seiner Lügengeschichte zuhörte, wünschte ich für einen winzigen Moment, er hätte die Wahrheit gesagt. Aber dann würden wir ihn nie wiedersehen. Trotzdem schämten wir uns, dass er log, weil alle unsere Freunde wussten, dass er log. Aber sie wussten natürlich auch, was er sonst riskierte.

Der Vater von Kamil aus meiner Klasse hat sich geweigert. Er sagte in einem Interview, dass Assads Geheimpolizei jeden verhaftet, foltert und tötet, der eine andere Meinung hat. Sie haben ihn festgenommen. Seitdem ist er verschwunden. Für seinen Sohn ist er ein Held. Aber er wird ihn wahrscheinlich nie wiedersehen. Er ist wahrscheinlich längst tot.

„Wer die Wahrheit spricht, sollte besser einen Fuß im Steigbügel haben“, sagt ein Sprichwort. Aber ein Pferd besitzen wir nicht. Und so hat mein Vater gelogen, aber er lebt.

8.9.2013

Mutter hat im Internet gelesen, dass die USA planen, zusammen mit den anderen arabischen Staaten in den Bürgerkrieg einzugreifen, um Präsident Assad abzu-

setzen. Beim Abendessen gibt es kein anderes Thema mehr. Mutter findet das gut, aber der Rest der Familie ist dagegen. Wenn Präsident Assad nicht mehr da ist, wer kommt dann?
Wird es wie im Irak? Zehntausende Christen sind aus den vom „Islamischer Staat" besetzten Gebieten geflüchtet. Hierher zu uns. Weil Assad Religionsfreiheit garantiert. Er interessiert sich nicht so sehr für Religionen. Muslim oder Christ oder Jude oder was auch immer. Er sagt, wir alle sind Syrer. Und darauf kommt es an.
Er garantiert uns die Religionsfreiheit. Und darum halten wir zu ihm. So einfach ist das.

10.9.2013

Sie sind da! Tante Hannah und Onkel Petros, meine beiden Cousinen Lubia und Zarah und Cousin Rafi. Sie haben es geschafft! Sie sind aus Maalula geflohen. Sie hatten sich mit anderen aus dem Dorf in einer Felshöhle versteckt. Zusammen ging es nachts weiter, auf Karren von Eseln gezogen oder zu Fuß. Nicht alle kamen in Damaskus an.
Die Soldaten holten sie ein und schossen sie nieder, Männer, Frauen und Kinder. Ohne Unterschied. Onkel Petros haben sie ins Bein geschossen. Er muss ein paar Tage im Krankenhaus bleiben. Sein Bein wird operiert.
Aber Hauptsache gerettet.

11.9.2013

Mutter ist wütend auf ihre Schwester. Qasho, Mutters Vater, ist in Maalula geblieben. Mutter meint, sie hät-

ten ihn zwingen müssen, mitzukommen. Aber er wollte nicht weg, bevor Qashto beerdigt wird. Ich glaube aber, er wird nie weggehen. Er wird dort bleiben, wo ihn alles an Qashto erinnert.
Ich habe Angst um ihn. Aber ich kann ihn auch verstehen.

12.9.2013

Tränen, Tränen, Tränen.
Tränen zum Frühstück, Tränen zum Mittagessen, Tränen zum Abendessen und vor allem in der Nacht.
Das Haus meiner Großeltern in Damaskus ist ein Tränenhaus. Dabei war es für mich bis jetzt immer wie ein Palast aus dem Märchen. Das Haus stammt aus dem 17.Jahrhundert und ist seitdem im Besitz unserer Familie. Mein Ururgroßvater hat es um einen großen Innenhof gebaut, in dem sich unser Leben abspielt. In der Mitte steht ein Brunnen. Das Wasser wurde früher zum Waschen und Kochen benutzt, jetzt ist es nur noch zum Vergnügen der Kinder da und um Großmutters Pflanzen zu begießen.Um einen großen Zitrusbaum herum sind geflieste Bänke gebaut. Es duftet nach Jasmin, den meine Großmutter in großen Töpfen angepflanzt hat. An einer Seite des Innenhofes sind überdachte Bänke und ein Tisch. Hier sitzen wir oft und essen. Das ganze Haus ist um diesen Innenhof gebaut, Fenster und Türen zu den einzelnen Stockwerken gehen auf den Hof hinaus. Außentreppen führen in den 1. Stock.
Es ist Platz für viele Menschen. In meinem Zimmer wohnen nun auch Lubia und Zarah, Rafi ist bei Simon einge-

zogen, die anderen im ehemaligen Zimmer von Vaters Bruder, der mit seiner Familie in Aleppo lebt.
Wenn man durch die Tür in der Außenmauer von der Straße hereinkommt, lässt man den Krach der Straße zurück und auch die Bilder von den zerstörten Häusern, den Soldaten auf den Straßen und die Angst vor einer Autobombe.
Großvater hatte verboten, im Haus über Politik zu reden. Unser Haus sollte wie eine Oase in der Wüste sein, wo man sich erfrischen und erholen kann. Um Kraft zu tanken, bevor wir am nächsten Morgen zurück in die Wüste gehen.

Das hat sich jetzt geändert.
Wir reden von nichts anderem mehr als Politik, Politik, Politik. Und je mehr wir von den Ereignissen in Maalula erfahren, umso heftiger zieht der Krieg wie ein böser Dschinn in unsere Oase ein und begleitet uns bei jedem Schritt bis nachts in unsere Träume.
Ich träume von dem Geknatter der Maschinengewehre, den Explosionen, dem Blut auf den Wegen, den schreienden Menschen, denen die Köpfe auf offener Straße abgehackt wurden, weil sie ihren Glauben nicht verraten wollten, so als wäre ich selber dabei gewesen.
Tante Hannah redet von nichts anderem. Und aus ihren Worten entstehen in meinem Kopf Bilder, begleitet von dem Schluchzen meiner beiden Cousinen.
Lubia ist 8, so alt wie Noah. Sie krabbelt nachts, wenn sie nicht schlafen kann, in mein Bett, und legt ihre Arme um mich. Manchmal kommt auch Zarah dazu. Sie ist 15 und in meinem Bett wird es eng. Aber aneinander gekuschelt können wir den bösen Dschinn leichter vertreiben.

Jahrhundertelang hat die Familie von Mutter mit den Muslimen in Maalula friedlich zusammengelebt. So wie auch die Familie von Vater in Damaskus. Im Innenhof unseres Hauses hört man jeden Tag die Kirchenglocken von der römisch-katholischen Kirche, der griechisch-orthodoxen Kirche, der syrisch-katholischen Kirche, der Kirche der Armenier und die Gebetsrufe von den Minaretten der Moscheen. Sie alle rufen die Menschen zum Gebet auf. Und die Menschen gehen in ihre Kirchen, beten und gehen wieder nach Hause, ohne den Glauben des anderen zu verachten.
Aber nun zerstört jeder Tote den Frieden ein Stück mehr und setzt an die Stelle Hass. Endlosen, sinnlosen Hass, der am Ende noch mehr Tote bringen wird.

13.9.2013

Ich fühle mich schlecht, weil ich froh bin, morgens in die Schule zu gehen. Ich bin auch traurig, sehr traurig, aber manchmal glaube ich zu ertrinken in dem Meer aus Tränen, das unser Haus überflutet.
Jeden Tag kommen neue Bekannte und Verwandte aus Maalula, denen auch die Flucht gelungen ist. Eine Freundin meiner Mutter mit ihrem Mann und ihrem sechsjährigen Sohn Efrem sind seit gestern da. Das Haus ist groß, wir rücken alle zusammen, um Platz zu machen.
Schlimmer ist, dass jeder neue Flüchtling neue Tränen mitbringt.
Ich fühle mich schlecht, weil ich froh bin, morgens das Haus verlassen zu können. Nun ist die Schule meine

Oase. Eine Oase, in der die Tränen keinen Zutritt haben. Ich vermisse dich so sehr, Qashto, aber ich kann nicht immer weinen.

14.9.2013

Heute ist das Kreuzfest in Maalula. Letztes Jahr sind noch Christen aus ganz Syrien, dem Irak und dem Libanon dorthin gekommen. Maalula ist ein berühmter Wallfahrtsort. Die Kirchen und Klöster gehören zu den ältesten der Welt. Ich bin stolz darauf, dass ich mit Qashto aramäisch sprechen konnte, die Sprache, die Jesus gesprochen hat.

Du warst ein bisschen traurig, Qashto, weil Simon und Noah nur arabisch sprechen. Aber sie waren nie so viele Wochen im Jahr bei dir wie ich. Ich hatte zwei Zuhause. In Damaskus und bei dir und Qasho. Meine Brüder waren in Maalula nur zu Besuch.

In unserem Haus in Damaskus redet niemand aramäisch außer Mutter und mir. Und jetzt natürlich Tante Hannah, Onkel Petros, Rafi, Lubia, Zarah und die anderen Flüchtlinge. Aber das machen wir nur, wenn wir unter uns sind. Wenn ich mal Kinder habe, werde ich aramäisch mit ihnen sprechen, das verspreche ich dir.

Von allen Festen in Maalula hat mir das Kreuzfest immer am besten gefallen. Es ist ein fröhliches Fest. Und abends dann die Feuer auf den Bergen und die Feuerbälle aus Reisig, die von den Bergen ins Tal hinunter gerollt werden.

Ich vermisse dich, Qashto, heute ganz besonders.

Zum ersten Mal fahren wir nicht zum Kreuzfest. Ich habe nur meine Erinnerungen. Sie sind mein kostbarster Schatz.

Weißt du noch, wie wir auf dem Berg gesessen haben, während die Feuerbälle in der Dunkelheit glühten und du mir von Kaiser Konstantin erzählt hast. Er schickte vor – ich weiß nicht mehr wie vielen – Jahrhunderten Boten nach Jerusalem. Sie sollten das heilige Kreuz finden, an das Jesus genagelt wurde. Nachdem sie es tatsächlich gefunden hatten, entzündeten sie auf einem Berg ein großes Feuer als Signal. Überall in den umliegenden Dörfern verstanden die Menschen das Zeichen und entzündeten ebenfalls Feuer, um die Botschaft weiterzuleiten. Bis sie irgendwann den Kaiser in Rom erreichte.
Ohne das Kreuzfest hätten sich Mutter und Vater nie kennengelernt. Nur deshalb ist er mit seinen Eltern vor sechzehn Jahren nach Maalula gepilgert und ein Jahr später haben sie dort in der Kirche des Klosters der Heiligen Thekla geheiratet. Mit dem Kreuzfest feiern wir jedes Jahr auch ihr Hochzeitsfest.
Auch dieses Jahr war ein großes Fest geplant. 15 Jahre!

Ich habe deinen Speiseplan gesehen, Qashto. Was wolltest du alles kochen: Kebbeh und Tabbuleh, Fatusch, mit Lammfleisch gefüllte Teigtaschen und Zucchini in Joghurt-Mintsauce. Am meisten hatte ich mich auf deine Auberginen und die gefüllten Weinblätter in deiner Tomatensauce, die immer nach Zimt duftete, gefreut. Niemand machte sie so wie du.
Mutter hat es versucht, aber dann aufgegeben. „Esst sie bei eurer Großmutter!“, hat sie gesagt. „Das lerne ich nie.“ Du wolltest es mir beibringen. Und nun ist es zu spät.
Das Fest findet nicht statt und ich werde meinen Kindern deine Tomatensauce nie kochen können.

Stattdessen gibt es eine Totenfeier in der zerstörten Kirche des Klosters für alle, die bei dem Überfall getötet wurden.
Ich wollte mitkommen. Aber Vater hat es nicht erlaubt. Er ist mit Mutter alleine gereist. Auch Tante Hannah und Onkel Petros sind hier geblieben. Die Erinnerungen konnten sie nicht ertragen.
Vielleicht bringen sie Qasho mit. Vielleicht kann er jetzt Abschied von Maalula nehmen. Auch wenn sie alles wieder aufbauen, das Wichtigste bleibt für immer zerstört: du, Qashto.
Ich muss in Damaskus bleiben, aber meine Gedanken sind bei dir. Und ich tröste mich mit dem Gedanken, dass es ja nur dein Körper ist, den sie begraben werden.

17.9.2013

Es war gut, dass ich nicht mitgefahren bin. Sie haben alles zerstört. In den Kirchen stehen nur noch die Mauern. Altäre, Bänke und Ikonen, alles zerstört.
Warum?
Weil sie uns hassen.
Und warum hassen sie uns?
Weil wir Christen sind und sie Muslime.
Wo ist auf einmal das Problem?
Jahrhundertelang war Platz für uns alle.
Heute ist das Fest der Heiligen Thekla, Qashto. Du hast gesagt, sie beschützt Maalula genauso wie Maria oben auf dem Felsen. Weißt du noch, wie du mit mir auf den Berg über dem Kloster geklettert bist? Wir haben uns auf einen Stein gesetzt und hinuntergeschaut. Da hast du

mir ihre Geschichte erzählt: Thekla war die Tochter eines römischen Offiziers, die vom Apostel Paulus zum Christentum bekehrt worden war. Als ihr Vater sie mit einem Mann verheiraten wollte, den sie nicht liebte und der ihren Glauben nicht akzeptierte, floh sie nach Maalula, weil sie wusste, dass man ihr dort helfen würde.
Die Fee Maalula hatte viele Jahre zuvor den Aramäern geholfen, als sie verfolgt wurden und hatte ihnen dieses Tal zwischen den Bergen gezeigt, wo sie sicher waren. Zum Dank mussten sie der Fee versprechen, dass sie jeden, der verfolgt wurde, retten würden.
Als Thekla hierher kam, nahmen sie sie auf. Ihr Vater aber verfolgte sie mit einem Heer und besiegte die Aramäer. Da öffnete sich eine Grotte im Felsen und Thekla verschwand im Felsen, der sich hinter ihr wieder schloss. Genau an dieser Stelle hat man dann das Kloster gebaut. Eines hat sich nicht geändert, hat Mutter erzählt. Hoch oben auf dem Felsen steht immer noch Maria, die Mutter Gottes in ihrem blauen Schutzmantel und schaut auf das Dorf Maalula, das sie jahrhundertelang beschützt hat.
Aber diesmal war auch sie machtlos.
Und das macht mir Angst!

20.9.2013

Qasho ist nicht mitgekommen. Er wollte wenigstens dein Grab beschützen, wenn er dich schon nicht schützen konnte. Alle sind traurig, aber sie konnten ihn nicht überreden.
Im Wohnzimmer hängt nun ein Bild von dir, Qashto. Und daneben eins von deinem Sarg in der Kirche. Ich

kann beide Bilder nicht ansehen. Den Sarg kann ich gar nicht ertragen!

Du lebst in meinen Träumen, Qashto, nicht im Sarg. Mutter will das Bild nicht abnehmen. Aber sie ist einverstanden, dass ich einen Spruch darunter hänge. Ich wollte erst den aus meinem Tagebuch schreiben. Den mit der Vergangenheit und der Zukunft. Aber dann habe ich im Buch von Khalil Gibran, das du mir im letzten Jahr geschenkt hast, einen anderen gefunden:

„Sprich nicht voller Kummer von meinem Weggehen, sondern schließe die Augen, und du wirst mich unter euch sehen, jetzt und immer.“

Nun hängt er unter deinem Bild und tröstet mich und die anderen ein wenig.

25.9.2013

Fast drei Jahre wird nun schon in Syrien gekämpft und niemand weiß, wann es endet. Die Lehrer bei uns in der Schule versuchen uns zu erklären, wer gegen wen kämpft und wo die Fronten verlaufen, aber auch sie verlieren den Überblick. Es gibt so viele unterschiedliche Rebellengruppen, die sich mal mit dem einen, mal mit dem anderen zusammentun. Kaum hat man das verstanden, ist schon wieder alles anders.

In Syrien wird gekämpft, aber viele aus der Opposition leben inzwischen auch im Ausland und versuchen von dort aus, mitzumischen. Sie haben den Syrischen Nationalrat gebildet und tun so, als seien sie die Exilregierung. Das gefällt den Rebellen nicht, weil die Syrer im Ausland in ihren schönen Häusern gar nicht mehr wissen, was

im Bürgerkrieg bei uns abgeht. Sie sind zu weit weg vom täglichen Horror.
Elf dieser Rebellengruppen haben sich nun zusammengetan und wollen später nach einem Sieg einen islamischen Staat aus Syrien machen. Und alle müssen dann nach der Scharia leben, nach der Ordnung der Welt, wie sie im Koran und der Überlieferung festgelegt ist.
Aber wir sind Christen.
Was wird aus uns?

26.9.2013

Zum ersten Mal wurde beim Abendessen von Flucht gesprochen. Mutters Freundin, die bei uns wohnt, will mit ihrer Familie unbedingt das Land verlassen, bevor die Scharia eingeführt wird. Keine Chance für Christen, keine Chance für Frauen, sagt sie.
Auch Mutter überlegte ernsthaft, aus Syrien wegzugehen. „Sollen wir dann alle mit einer Burka rumlaufen?", fragte auch meine Mutter. „Ohne mich!"
Wir Frauen waren einer Meinung. Du würdest genauso denken, Qashto. Wenn ich ein Kopftuch oder eine Burka oder was auch immer trage, dann muss es meine Entscheidung sein.
Vater, Großvater und Onkel Petros denken genauso. Seit Wochen war es das erste Mal, dass wir alle einer Meinung waren: Ein Leben unter der Scharia ist für uns unmöglich. Aber die Männer wollen abwarten. Wer weiß schon, wer am Ende siegen wird. Sie glauben nicht, dass die Opposition gegen Assad siegen wird. Die verschiedenen Gruppen streiten sich untereinander und das macht sie schwach.

Wir können uns eigentlich nicht vorstellen, dass aus unserem Land, in dem es immer für alle einen Platz gab, wo es die ältesten christlichen Kirchen gibt, ein Staat werden könnte, in dem wir Christen keinen Platz mehr haben.

Wer eine Burka tragen will, soll das machen, wer einen kurzen Rock trägt, kann das auch tun. Man muss sich im Suq vor ein Cafe setzen und die Menschen, die vorbei laufen, beobachten. Es gibt von jedem etwas: Burkas, Hidschabs, lange Haare, kurze Haare, kurze Röcke, lange Röcke, kurze Hosen, lange Hosen. „Vielfalt statt Einfalt!", sagt Mutters Freundin und das soll auch so bleiben.

30.9.2013

Der Krieg kommt immer näher. 100.000 Menschen sollen seit März 2011 getötet worden sein. Ich weiß nicht, ob die Zahl stimmt, aber dass die Explosionen näher kommen, das hören wir jeden Tag. Anfangs waren es nur die Außenbezirke, dann die Botschaften im Regierungsviertel: erst die russische, dann die irakische und nun die chinesische.

Wann wird die erste Granate in Bab Tuma explodieren?

1.10.2013

In Ar-Raqqa, 400 km von hier, ist eine Schule getroffen worden. Die Stadt ist von Rebellen besetzt. Oder wie mein Cousin Rafi sagt, durch die Rebellen vom Assad-Regime befreit worden. Darum haben Kampfflugzeuge der Regierung Ar-Raqqa beschossen. In der Schule starben sechzehn Schüler.

Haben sie die Schule mit Absicht beschossen?

Rafi sagte ja, mein Vater meinte nein. Es war ein Versehen. Wer schießt denn auf Kinder?
Schon wieder gab es beim Abendessen Streit. Auch Onkel Petros traute der Regierung so etwas zu. Die Front verlief mal wieder direkt durch unseren Esstisch.
Ich weiß nicht, was ich glauben soll. Ich weiß nur, dass am Ende wieder unschuldige Menschen sterben.

2.10.2013

Die Abende sind furchtbar. Unsere schöne Oase ist zum Kriegsgebiet geworden. Der Innenhof duftet nach Jasmin, an den Bäumen hängen die letzten Aprikosen und Zitronen, aber die Gespräche drehen sich nur um Zerstörung, Tod und Angst. Vor allem die Angst kriecht in jeden Winkel unseres Hauses und nistet sich dort ein.

Ich wünschte, Großvater würde ein Machtwort sprechen und alles würde wie früher. Ich vermisse unsere Oase, in der die dunklen Seiten ausgeschlossen waren.

Aber ich weiß, dass es nie mehr wird wie früher. Es ist zu viel Blut geflossen.
Und es leben zu viele Menschen im Haus, die nichts anderes zu tun haben, als über das Schreckliche zu reden, was sie erlebt haben und hoffen, es vielleicht dadurch … nein, nicht vergessen, aber verdünnen zu können. Das Reden ist wie Wasser, mit dem das Blut verdünnt werden kann. Und je mehr Wasser, desto heller wird das Blut.

Also müssen sie darüber reden und reden und immer wieder das Schreckliche neu beleuchten, bis es irgendwann seinen Schrecken verliert.
Oder auch nicht.

Auf jeden Fall muss ich zuhören. Mehr kann ich nicht tun. Und schon das fällt mir von Tag zu Tag schwerer, weil jedes neue Detail meine Alpträume vermehrt. Und dann kommen die Nächte, in denen auch Kuscheln mit Lubia und Zarah den bösen Dschinn nicht vertreiben kann.

4.10.2013

Früher sind wir oft essen gegangen. Heute nur noch selten. Dabei kann man im Restaurant die Angst für einige Stunden vergessen. Nur wenn oben in der Luft ein Flugzeug vorbei donnert, duckt man sich automatisch. Jederzeit könnten neben dir Granaten explodieren. Es gibt Straßensperren, Militär geht spazieren.
Auf der Straße wohnt die Angst.
Und von dort dringt sie in unser Haus. Jeder, der nach Hause kommt, riecht nach Angst. Die Erleichterung, es gesund nach Hause geschafft zu haben, kann den Angstschweiß nicht verdrängen. Auch hier zu Hause nicht, vor allem, wenn es dunkel wird, eine Tür irgendwo zuknallt oder ein Flugzeug tief über dem Haus fliegt.
Noch immer läuten die Glocken von allen Seiten und von den Minaretten ruft die Stimme des Muezzin. Aber der Klang hat sich verändert, so wie sich die Menschen verändert haben, die zum Gebet eilen.

15.10.2013

In Aleppo wird gekämpft. Gestern kam eine Mail von Onkel Josef, Vaters jüngstem Bruder. Teile der Stadt sind von islamistischen Kämpfern besetzt worden. Die Regierungstruppen versuchen die Vororte zurückzuerobern.

Und mitten darin Onkel Josef, Tante Samia und ihre fünf Kinder. Er hat auch Fotos geschickt. Wir waren alle geschockt. Ganze Straßen sind nur noch graue Trümmerhaufen. Es sieht aus wie in einem Science-Fiction-Film nach dem Angriff von Außerirdischen.
An dem Wohnhaus von Onkel Josef fehlt die vordere Seite, die zur Straße hin stand. Man schaut nun direkt ins Wohnzimmer, in dem niemand mehr wohnen kann. Im Badezimmer sieht man neben der Dusche die Handtücher an den Haken, in der Küche stehen die Töpfe auf dem Herd. Zum Glück war niemand im Haus, als es passierte. Die Kinder waren in der Schule, Onkel Josef im Büro und Tante Samia beim Einkaufen. Bei den Nachbarn neben ihnen sind zwei kleine Kinder getötet worden. Unter den Trümmern werden wohl noch mehr Tote liegen. Man hat noch nicht alle gefunden.
Onkel Josef wohnt jetzt mit seiner Familie bei Freunden. Großvater möchte, dass sie alle nach Damaskus kommen.

31.10.2013

Halloween. Unsere Schule verwandelt sich an diesem Tag wie jedes Jahr in ein Gruselkabinett gefüllt mit kleinen und großen Monstern, Hexen, Skeletten und Teufeln. Ich gehe heute nicht hin. Ich brauche keine Verkleidung zum Gruseln. Mein Leben ist gerade gruselig genug.

2.11.2013

Ich habe in diesem Schuljahr drei Nachmittagskurse: Theater, Chor und Basketball. Und dann noch den Chor in unserer Kirche. Wir werden Aufführungen und Tur-

niere haben, vorher jede Menge Zusatzproben und Trainingsstunden. Und das ist gut so.
Vielleicht hätte ich für jeden Nachmittag einen Kurs wählen sollen. Je mehr desto besser. Nur nicht herumsitzen, nur nicht nachdenken! Darauf warten sie ja nur, die traurigen Gedanken und die Angst, die wie Gespenster um meinen Kopf schwirren und jede Chance nutzen, sich in einer ruhigen Minute in meinem Kopf einzunisten.

11.11.2013

Der Tod kommt immer näher. Nur fünfhundert Meter vor dem Stadttor Bab Tuma und drei Kilometer von unserem Haus entfernt wird gekämpft.
Drei Raketen haben die Bushaltestelle vor der armenischen Kirche getroffen. Die Kinder kamen gerade aus der Schule. Sie warteten auf den Bus. Vier von ihnen starben. Sie waren doch erst sechs und sieben Jahre alt. So alt wie Noah.
Mutter spricht nur noch von Flucht.
Aber wohin sollen wir gehen?
Vater will noch warten.
„Bis auch eins unserer Kinder stirbt?“, hat Mutter ihn angeschrien. Sie hat ihn noch nie angeschrien.
Aber Mutter hat recht.
Es wird jeden Tag gefährlicher.
Es ist die Angst, Qashto, die uns alle verrückt macht. Sie ist wie das Gift einer Schlange, das sich langsam in unserem Körper ausbreitet und jeden anderen Gedanken lähmt.

20.11.2013

Es heißt, die Regierung beschießt die Rebellengebiete mit Nervengas. Auch dort, wo Wohngebiete sind. Die Regierung sagt, das ist Quatsch.

Vater ist Arzt und er kennt die Berichte von Kollegen, die in den Rebellengebieten arbeiten. Die Verletzten haben Atemnot, Muskelkrämpfe, Übelkeit, Schaum vor dem Mund, Sehstörungen. Und das sind Symptome, die es nur bei Angriffen mit Giftgas gibt.

Dabei hat Assad auch die UNO-Konvention unterzeichnet und damit versprochen, dass er keine Giftwaffen einsetzen will.

Und was ist, wenn sie in Jarmuk Giftgas einsetzen oder in den anderen Vororten von Damaskus, die von den Rebellen besetzt sind? Wie schnell kann die Gaswolke bei uns in der Altstadt sein? Nun haben wir bei jeder Explosion Angst, dass wir auch vergiftet werden. Gaswolken halten sich nicht an Straßensperren.

Großvater meint, der Präsident würde seine Hauptstadt nicht vergiften. Das könnte ihn ja selber treffen.

Das ist vielleicht wirklich der einzige Schutz, den wir haben.

30.11.2013

Tante Hannah und ich waren nie beste Freunde und werden es auch nicht mehr in diesem Leben! Auch wenn sie deine Tochter ist, tut mir leid, Qashto. Mutter ist auch nicht sehr glücklich, dass sie jetzt bei uns wohnt. Nur Großmutter gefällt das, denn für Tante Hannah ist Kochen und Backen der Lebenszweck einer

Frau. Mutter macht das nur mit, weil sie noch keinen neuen Job hat.
Tante Hannah findet, dass ich lieber kochen lernen soll, statt halbnackt in einer Turnhalle herum zu hüpfen, um Basketball zu spielen. Und überhaupt findet sie es für ein Mädchen ganz unpassend auf eine Schule zu gehen, an der auch Jungen unterrichtet werden.
Es gibt öfter Streit zwischen Tante Hannah und Mutter. Zarah tut mir echt leid. Selbst wenn sie das Schulgeld bezahlen könnten, würde Zarah auf die staatliche Mädchenschule gehen müssen. Und nachmittags hilft sie in der Küche. Wenn Tante Hannah wüsste, dass Zarah in jeder freien Minute mit zwei Jungen chattet, würde sie sie sofort in ein Kloster stecken.

1.12.2013

Es war neun Uhr mitten in der Mathestunde, als die Granate auf den Schornstein unserer Schule fiel. Mein Klassenraum ist zum Glück in einem Nebengebäude. Trotzdem war es so laut, dass wir dachten, unsere Ohren explodierten. Die Fenster zersprangen. Überall Scherben, in unseren Haaren, Büchern, auf den Tischen, unter den Tischen. Mein Arm blutete. Die Wände hatten Risse.
Für einen Moment war es totenstill. Dann schrien alle durcheinander.
„Raus hier! Sofort raus hier!“, schrie unsere Lehrerin uns an. Wir rannten. Nicht so geordnet wie wir das geübt hatten, für den Fall, dass ein Brand passiert. Heute war so ein Fall und alle rannten durcheinander.

Auf dem Schulhof herrschte Chaos. Weinende Schüler überall, manche standen in Gruppen zusammen und schauten fassungslos auf den Schornstein. Die Lehrer trieben uns vom Schulgelände weg auf den Platz vor der Schule.
Die Polizei riegelte die Schule ab. Dann durchsuchten sie alles. Niemand durfte zurück in die Klassen.
Ich sammelte Noah und Simon um mich. Wie sollte ich Mutter informieren? Sie brachte uns morgens zur Schule und holte uns ab. Mein I-Phone war im Klassenraum. Zum Glück hatte Simon seins in der Hosentasche.
Mutter kam sofort angefahren. Sie umarmte uns und weinte.
Es war ein Schock für alle.
Die internationale französische Schule Lycée Charles de Gaulles, auf die Simon, Noah und ich gehen, ist die einzige ausländische Schule, die noch offen hat. Die einzige Schule, die der Staat nicht vollkommen kontrolliert.

Unsere Schule liegt im Regierungsviertel, wo auch die Botschaften liegen. Meine Eltern haben immer geglaubt, dies Viertel sei sicherer vor Anschlägen, weil die Militärpolizei hier stärker kontrolliert, aber diese Sicherheit war ja schon seit den Anschlägen auf die Botschaften in den letzten Wochen zerbröselt. Und im April gab es die Bombe auf das Auto von Premierminister Wael al-Halqui.
Aber das alles spielte sich außerhalb der Mauern der Schule ab. Hinter den Mauern konnten wir uns immer noch vorstellen, wir wären in einer anderen Welt. Jedenfalls bis heute.

Granaten fliegen über Mauern. Es gibt keinen Schutz vor ihnen.
Jetzt werden bestimmt noch mehr Eltern ihre Kinder abmelden. Früher hatte meine Schule 900 Schüler. Aber als die Franzosen ihre Botschaft wegen des Bürgerkriegs im März 2012 schlossen, haben sie auch kein Geld mehr für die Schule gegeben.
Sie sollte geschlossen werden, aber die Eltern haben protestiert. Nun muss man Schulgeld zahlen. Das kann sich aber nicht jeder leisten und darum sind nur noch 200 Schüler geblieben. Auch viele meiner Freundinnen gehen auf andere Schulen, sodass wir uns nur noch am Wochenende sehen können.
Auch meine beste Freundin Leila musste gehen. Zwei Wochen später war sie ganz verschwunden aus Syrien. Sie ist mit ihren Eltern geflüchtet und lebt nun – ich weiß nicht wo. Anfangs hatte ich noch Kontakt zu ihr über What´s App, aber dann brach auch das ab. Ich hoffe, es geht ihr gut und wir werden uns eines Tages wiedersehen, am liebsten hier in Damaskus, der schönsten Stadt der Welt.

2.12.2013

Flucht, Flucht und noch mal Flucht ... Niemand will weg von hier, aber alle reden davon.

4.12.2013

Wieder neue Flüchtlinge aus Maalula in der Marienkirche. Die Rebellen haben die syrische Armee vertrieben und den ganzen Ort besetzt. Sie verschanzten sich in den Wohnhäusern und Kirchen. Sie haben die Glocken abgerissen und mitgenommen, die Kreuze auf den Kirchtürmen abgebrochen und der Jesusstatue auf dem Berg den Kopf abgeschlagen. Dabei ist Jesus auch im Koran wichtig. Nicht der Sohn Gottes, aber ein bedeutender Prophet namens Isa.

Nun ist alles zerstört. Sogar das Kloster der heiligen Thekla. Sie haben die alten Fresken mit Messern zerstochen und die Bibeln verbrannt. Sie haben sogar ihre Grabkammer verwüstet, den goldenen Schmuck geraubt und die Ikonen zerstört.

Und dann, Qashto, haben sie die Nonnen entführt, auch Tante Mirjam. Die Oberin, zwölf Ordensschwestern und zwei Hausangestellte.

Wir beten jeden Tag für sie, so als wären sie tot.

Ich habe gehört, wie meine Mutter zu meinem Vater sagte, dass es vielleicht besser wäre, wenn sie tot wären, weil man sich nicht vorstellen mag, was sie sonst täglich erleiden müssen.

Wo Qasho ist, wissen wir nicht. Niemand, den wir befragt haben, kann uns etwas sagen. Wir wissen nur, dass die Rebellen sein Haus besetzt haben.

Das Meer der Tränen flutet wieder über unser Haus.

8.12.2013

In der libanesischen Zeitung *Al-Sharq Al-Awsat* steht, dass die Nonnen nicht getötet wurden, sondern gegen 1000 Frauen aus syrischen Gefängnissen ausgetauscht werden sollen. Die Oberin habe mit dem Vatikan über Satellit telefonieren dürfen, um die Forderung der Ent-

führer, offenbar die islamistische Ahrar-al-Kalamun-Brigade, zu übermitteln.
Wir beten und hoffen alle, dass Assad auf diese Forderung eingeht.
Aber wird er sich erpressen lassen?
Niemand kann ihn zwingen.

13. 12.2013

Weihnachten kommt näher. In den Jahren davor war es ein buntes fröhliches Fest mit Lichterketten in den Straßen, geschmückten Schaufenstern. Auch in den muslimischen Geschäften. Überall Plastikweihnachtsbäume, rote und goldene Kugeln. Viele Menschen trugen Nikolausmützen, auch die Muslime. Weihnachtsmänner, Rentiere mit roten Nasen, Weihnachtskrippen, blinkende „Happy Christmas“ Spruchbänder.
Großvater fand das furchtbar, weil es nicht der Sinn von Weihnachten wäre. Aber mir hat es gefallen. Das war eben die eine Seite, die andere war die Feier in der Familie, in der Kirche, die Weihnachtsbotschaft von Jesu Geburt.
In diesem Jahr ist niemand in der Stimmung, um zu feiern. Zwar gibt es Weihnachtsbäume und Kugeln in den Schaufenstern. Händler und Taxifahrer haben Nikolausmützen auf dem Kopf. Und doch ist die Stimmung anders.
Sonst war es ein Fest, das wir zusammen feierten: Christen und Muslime. Man kann nicht fröhlich feiern, wenn Misstrauen und Hass zwischen den Menschen liegen. Je länger es dauert, desto mehr verlieren wir alle das Gefühl,

Syrer zu sein. Wir fangen an zu denken und zu fühlen als Christen oder Muslime. Und dann sehen wir nur noch, was anders ist und nicht das, was uns verbindet.
In meiner Schule gibt es wie jedes Jahr eine riesige Blautanne, die wir gemeinsam schmücken. Aber es fehlt die Stimmung und das Gefühl von ... na, eben Weihnachten.

15. 12.2013

In Aleppo wird weiter gekämpft.Die Regierungstruppen greifen die Stadtteile, die von den Rebellen besetzt sind, aus der Luft an. 70 Tote. Vater hat vergeblich versucht, seinen Bruder zu erreichen. Das Internet ist unterbrochen. Und seit zwei Tagen antwortet nur die Mailbox.

16.12.2013

Du hattest versprochen, dass du in die Weihnachtsmesse kommst, Qashto. Du hast mich noch nie singen hören. Im Chor, meine ich. Wenn wir in der Kirche die Weihnachtslieder für den Weihnachtsabend üben, kann ich den Rest der Welt vergessen. Dann kann ich für zwei Stunden daran glauben, dass Weihnachten auch in diesem Jahr ein Fest der Liebe und des Friedens sein kann.

22.12.2013

Der letzte Schultag vor Weihnachten. Noah war der Joseph beim Krippenspiel. Alle Verwandten waren eingeladen, die Schule war geschmückt. Es war wunderschön. Danach gab es Kekse und Tee. Abends waren wir gemeinsam essen in Bab Tuma. Es waren viele Menschen auf den Straßen und in den Cafés. Sie alle taten so, als ob es den Krieg gar nicht geben würde. So wie wir ja auch. Und das war gut so. Für einen Abend lebten wir in einer großen Luftblase und vergaßen, dass sie jeden Moment platzen und sich mit Blut füllen könnte.

23.12.2013

Abends hat sich endlich Onkel Josef aus Aleppo gemeldet. Sie leben, auch wenn sich das jede Stunde ändern kann. Sie leben in einem Stadtteil, der von den Regierungstruppen kontrolliert wird und die tödlichen Raketen fliegen auf die andere Seite.
Aber wie lange noch?
Auch die andere Seite hat Granaten.

24.12.2013

Den ganzen Morgen habe ich in der Küche geholfen. Wie immer essen wir gemeinsam mit der Familie: Lammfleisch mit Reis und Spinatteigtaschen, eben wie immer. Zum Nachtisch gibt es *Jesus Halva,* diese kleinen Grießplätzchen nach deinem Rezept, Qashto. Großvater besteht darauf, dass alles so ist wie immer. Und das ist in diesem Jahr auch besonders wichtig!
Geschenke gibt es keine dieses Jahr, nur Kleinigkeiten für die Kinder. Für uns ist es das größte Geschenk, dass wir überlebt haben.
Wir danken Gott dafür, dass es uns noch gut geht. Viele aus meiner Klasse können nur noch ein Zimmer heizen und jeden Monat müssen welche die Schule verlassen, weil sie das Schulgeld nicht mehr zahlen können.
Geldsorgen haben wir nicht – noch nicht.

25.12.2013

Gemeinsam sind wir zur Frühmesse gegangen. Überall waren Menschen unterwegs, eilten in ihre Kirchen. Damaskus – die Stadt der Freude. So wird sie in der Bibel genannt. Und so hieß das Eingangslied, das wir mit dem Chor sangen:

„Die Glocken der Freude läuten heute Nacht.
Das Fest beginnt.
Ein neues Licht leuchtet.
Das Licht brennt ewig mit deinem Ankommen.
Es ist eine Freude.“

Wir haben für den Frieden gebetet. Und ich bin sicher, dass heute in allen Kirchen der Welt für den Frieden hier in Syrien gebetet wird. Und auch in den Moscheen. Die Raketen treffen alle Menschen, egal welche Religion sie haben.
Der Weihrauch schwebte in duftenden Wolken durch die Kirche und hüllte uns alle ein. Dann stieg er hoch bis zur Decke und durch die geöffneten Fenster hinaus in den Nachthimmel. Er bringt unsere Gebete in den Himmel, wo sie hoffentlich von Gott erhört werden.
Manchmal denke ich allerdings, er ist auch geflüchtet.

Danach haben wir noch lange am Feuer vor der Kirche gestanden. Wir haben viele Bekannte aus Maalula getroffen. Wir haben gelacht und geweint.
Von Qasho gibt es keine neue Nachricht, er ist nach wie vor verschwunden.
Auf dem Rückweg nach Hause fing es an zu schneien. Dicke weiße Flocken fielen vom Himmel. Noah rannte

mit den anderen Kindern voraus. Sie versuchten die Schneeflocken mit ihren Zungen zu fangen. Sie waren glücklich.
Und wir auch.
Solange wir ihn und die anderen Kinder beobachteten, vergaßen wir, dass irgendwo in Syrien auch in diesem Moment mit dem Schnee auch Bomben und Raketen vom Himmel fielen und der weiße Schnee sich rot vom Blut der Verletzten und Toten färbte. Auch hier bei uns konnte jeden Moment die nächste Bombe fallen und den Frieden der Weihnachtsnacht stören.
Beim Essen erzählten die Erwachsenen von früher, als Weihnachten auch die muslimischen Freunde dabei waren. In diesem Jahr war alles anders. Wir blieben unter uns. Großvater meinte, in Damaskus haben Christen, Juden und Muslime seit Jahrhunderten zusammen gelebt und gefeiert. Nicht wirklich vermischt, jeder in seinem Viertel, aber meistens friedlich. Und man hat sich besucht.
Jetzt stehen so viele Tote zwischen uns und es werden jeden Tag mehr.
Wir haben wie jedes Jahr einen großen Tannenbaum. Für die Kinder. Und für die Hoffnung, dass wir eines Tages auch in Syrien wieder Weihnachten in Frieden feiern können.

26.12.2013

Horrormeldung aus Aleppo: Der Bus, mit dem Onkel Josef und seine Familie aus Aleppo flüchten wollten, ist von einer Rakete getroffen worden. Zwei meiner Cousinen, Mar-

ta und Anna, sind tot. Die anderen sind weiter geflüchtet. Über die Grenze in die Türkei. Ihr ältester Sohn Mikhael hat sich den Rebellen angeschlossen. Es heißt, es war die syrische Luftwaffe, die auf den Bus geschossen hat.
Aber egal wer es war, meine Cousinen sind tot und werden nicht lebendig, wenn wir wissen, wer es gewesen ist.

Es gibt lange Diskussionen in der Familie. Mikhael ist der erste von uns, der zu den Rebellen überläuft. Alle anderen halten noch zu Assad, weil es keine Alternative gibt.
Ist er nun ein Verräter?
Ich kann ihn irgendwie verstehen. Es waren Assads Raketen, die seine Schwestern töteten.
Aber die anderen sind auch nicht besser. Es waren islamistische Rebellen, die Qashto erschossen haben, weil sie ihren Glauben nicht verleugnen wollte.
Nun hängen neben dem Bild von Qashto die von Marta und Anna. Eine Galerie der Toten.

31.12.2013

Im Vergleich zu anderen sind wir inzwischen gut informiert. Wir hätten es wohl immer sein können. Aber wir hatten die Augen verschlossen vor der Wahrheit. Für uns Christen gibt es keine Alternative zu Assad hat mein Großvater jahrelang wie ein Gebet wiederholt.
Das tut er zwar immer noch. Aber der Rest der Familie denkt inzwischen anders. Und wenn es keine Alternative gibt, dann bleibt nur die Flucht. Solange der Gedanke Theorie war, wurde er abends noch diskutiert.
Mit der Flucht von Onkel Josef in die Türkei wird die Idee

aber zu einem realistischen Plan. Seitdem redet keiner mehr offen vor Großvater darüber.
Mutter, die super französisch spricht und bis zur Schließung bei der französischen Botschaft gearbeitet hat, holt sich die Informationen auf der Seite der AFP, der Agence France Press, die auch in Damaskus und Beirut ein Büro haben.
Von dort erfuhren wir, wie es in den Vororten von Damaskus aussieht. In Jarmuk zum Beispiel, wo seit 1948 zehntausende Palästinenser leben, die vor den Israelis geflüchtet sind.
Dort haben sich nun islamistische Rebellen festgesetzt. Die Regierungstruppen haben den Vorort abgeriegelt. Die Menschen dort haben kein Wasser mehr und hungern. Hilfsorganisationen werden nicht durchgelassen. Fünfzehn Menschen sind bereits an Unterernährung gestorben.
„Das sind Rebellen!", sagte Tante Hannah. „Das ist nun mal im Krieg so."
Es gab Streit, weil Vater ihr widersprach: „Die Kinder haben nichts mit der Politik zu tun. Sie sterben, weil sie nichts zu essen haben."
„Das sagst du nur, weil du Arzt bist."
„Nein, weil ich Mensch bin."
„Zu viele Informationen sind nicht gut", meinte Großvater daraufhin. „Sie machen die Familie kaputt."
Aber wir können doch nicht die Augen verschließen, weil wir keinen Streit in der Familie haben wollen.

4.1.2014

Heute kam Samir, Großvaters bester Freund zu Besuch und mit ihm kamen jede Menge Dschinns, Riesen, Seeungeheuer, Prinzessinnen, Sultane, Kalifen, Aladin mit seiner Wunderlampe, Sindbad der Seefahrer und Ali Baba mit seinen vierzig Räubern. Sie schwirrten durch unser Haus und verwandelten es für einen Nachmittag in eine Märchenwelt aus Tausend und einer Nacht.

Samir ist ein Hakawati, einer der letzten Märchenerzähler in Damaskus. Bis Ende des Jahres hat er noch in einem Kaffeehaus im Suq gesessen wie vor ihm schon sein Vater und Großvater. Wir waren als Kinder oft dort und haben ihm zugehört.

Nun hatte Großvater die Idee, dass er bei uns im Haus seine Märchen weitererzählen könnte.

Was Großvater an den übrigen Tagen nicht gelingt, nämlich durch Verbote den Krieg vor der Haustür zu lassen, das schafft Samir mit seinen Geschichten ohne Probleme. Noch jetzt, Stunden, nachdem er wieder gegangen ist, schweben die guten Dschinns durch unser Haus, ist die Luft erfüllt von Minze und Zimt und dem Parfum der Prinzessin Schehersad, das nach Jasmin duftet.

22.1.2014

In der Schweiz in Genf beginnen Gespräche zwischen der Regierung von Assad und der Opposition unter Leitung der UNO. Friedensgespräche. Wir hoffen und beten, dass sie nach drei Jahren Krieg wirklich für uns den Frieden bringen. Mehr können wir nicht tun.

25.1.2014

Jeden Samstag verwandelt sich unser Haus nun in den Palast von Sultan Scherherban, wo Prinzessin Schehersad in Gestalt von Samir ihre Geschichten erzählt. Und jeden Samstag kommen mehr Leute zu uns, Freunde meiner Großeltern und meiner Eltern mit ihren Kindern. Jeder hat Kuchen und selbstgebackene Kekse mitgebracht. Es gibt Pfefferminztee und die Männer rauchen ihre Wasserpfeifen und sind darüber sehr glücklich, denn in den Cafés und Restaurants sind Wasserpfeifen inzwischen verboten.

Sie sitzen im Wohnzimmer entlang den Wänden auf roten und goldenen Kissen, die Großvater zusammen mit Samir aus dem Basar angeschleppt hat und fangen an zu träumen.

Zu Beginn geht Großvater mit einer goldenen Lampe herum, die er auf dem Basar gefunden hat. Sie sieht aus wie die aus Aladdins Höhle. Jeder soll symbolisch seine Sorgen hineinstopfen. Dann verschließt er die Lampe und stellt sie vor die Tür.

Dann beginnt Samir mit seinen Geschichten. Und wir alle schweben auf seinen Worten wie auf einem fliegenden Teppich davon in eine Welt, in der am Ende immer der Gute siegt.

Selbst Vater, der anfangs nicht so begeistert war, weil er meinte, dass die Sorgen nicht geringer werden, wenn man sie ausblendet, setzt sich inzwischen dazu.

Die Sorgen werden nicht geringer, aber wenn der fliegende Teppich wieder in der Realität gelandet ist, dann lassen sie sich besser ertragen. Bis zum nächsten Samstag, wenn er auf eine neue Märchenreise geht.

27.1.2014

Es sieht nicht gut aus. Die UNO will, dass Assad die Lastwagen mit den Hilfsgütern für Jarmuk und andere belagerte Stadtteile durchlässt. Sonst machen Verhandlungen keinen Sinn. Assad weigert sich.
In Jarmuk sind 63 Menschen gestorben, nicht durch Raketen, sondern an Hunger und weil sie keine Medikamente haben.
Warum lässt er sie nicht durch? Vielleicht weil niemand sehen soll, welche Katastrophe sich in Jarmuk abspielt.

28.1.2014

Es ist vorbei. Assad hat die Gespräche abgebrochen.
„Was man verstehen kann", sagt Großvater. „Schließlich haben die USA neue Waffen an syrische Rebellen geliefert, die im Süden gegen Assad kämpfen. So was kann man nicht dulden. Auf der einen Seite Friedensgespräche und auf der anderen Seite arbeitet man am Sturz der Regierung, mit der man offiziell Frieden sucht."
Wir sind alle enttäuscht und traurig. Wir hatten so viele Hoffnungen. Aber im Grunde war es von Anfang an aussichtslos. Die Opposition wollte einen Waffenstillstand und eine Übergangsregierung ohne Assad. Der hat aber doch gar nicht vor, zurückzutreten. Im Gegenteil, er will noch einmal kandidieren.
Im ganzen Land wird weitergekämpft.
140.000 Tote soll es bis jetzt gegeben haben. Eine davon bist du, Qashto.
Und es nimmt kein Ende.

5.2.2014

Lernen, lernen, lernen bis mein Kopf platzt!
Wir fahren zur Schule, wenn es noch dunkel ist und kommen zurück, wenn es schon wieder dunkel ist. Und nach dem Abendessen wieder lernen.

14.2.2014

Ich bin im Basketballteam der Schule!! Ich habe aber auch wie verrückt trainiert. Dabei bin ich eigentlich gar nicht so wild darauf. Auf das Spielen, meine ich. Aber unsere Mädchenmannschaft trainiert jeden Freitag direkt nach der Jungenmannschaft. Simon spielt dort und ich warte meist, bis das Training vorbei ist. Mutter möchte nicht, dass ich alleine nach Hause fahre.
In Simons Mannschaft spielt auch Amir. Amir ist Simons bester Freund und bestimmt der meist angeschwärmte Junge der Schule. Alle Mädchen aus meiner Stufe beneiden mich, weil er so oft bei uns zu Hause ist.
Ich mag ihn auch sehr.

13.3.2014

Tante Mirjam ist frei!!! Zusammen mit den anderen Nonnen! Alle sind gesund. Drei Monate hat man sie in der Rebellenstadt Yabruk festgehalten. Wir haben Bilder gesehen, wie sie in Chtaura von Vertretern der Kirche begrüßt wurden.
Wir haben jedes Detail in den Gesichtern studiert. Alle wirkten sehr erschöpft. Tante Mirjam wurde interviewt. Sie sagte, man habe sie gut behandelt und nicht belästigt. Vielleicht stimmt das ja sogar. Schließlich sollten sie ja

ausgetauscht werden gegen Gefangene. 150 Frauen aus syrischen Gefängnissen kamen im Gegenzug frei. Vater und Mutter werden nach Maalula fahren, um sie im Kloster zu besuchen, falls sie dorthin zurück dürfen. Vielleicht nehmen sie mich mit.

2.4.2014

Schon wieder sind Granaten in der Innenstadt explodiert. Fünf Tote. Mutter, Tante Hannah und Großmutter würden uns Kinder am liebsten zu Hause einsperren, damit uns nichts passiert.

Wenn die Rebellen töten, bringen die Nachrichten das ganz ausführlich. Wenn die Regierungstruppen töten, ist es eine Lüge.

Wer was anderes sagt, wird erschossen.

So einfach ist das für den Präsidenten.

Die Rebellen beschießen die von der Regierung kontrollierten Stadtteile, die Regierung beschießt die von den Rebellen besetzten Stadtteile. Und mittendrin sitzen wir.

6.4.2014

Die Rebellen haben das Opernhaus beschossen. Und diesmal sind wir direkt betroffen. Mutter wollte mit ihrer Freundin in die Oper gehen. Mutter hatte sich verspätet, die Freundin wartete vor dem Gebäude. Als Mutter ankam, war alles abgesperrt und ihre Freundin wurde gerade im Krankenwagen abtransportiert. Sie starb noch in der Nacht im Krankenhaus.

Mutter weint nur noch, sie macht sich Vorwürfe. Die

Freundin könnte noch leben, wenn sie nicht zu spät gekommen wäre.
Ich bin froh, dass sie nicht pünktlich war. Dann wäre sie jetzt auch tot.

10.4.2014

Im Geschichtsunterricht machen wir ein Projekt zum Nationalfeiertag am 17.4. An diesem Tag im Jahr 1946 sind die französischen Truppen endgültig abgezogen, nachdem die Franzosen seit dem 1. Weltkrieg durch ein Mandat des Völkerbundes die Kontrolle über Syrien und den Libanon hatten.
Ayasha und ich haben uns für eine Collage zu dem Thema „Syrien heute“ entschieden. Wir haben im Internet und in den internationalen Zeitungen in der Schule recherchiert.
In der Bibliothek der Schule haben wir einen Bericht der Welthungerhilfe gefunden. Wir können es nicht glauben:9,3 Millionen Menschen in Syrien brauchen Hilfe, weil sie durch den Bürgerkrieg nicht ausreichend zu essen haben, 4,3 Millionen davon sind Kinder. Seit Beginn des Krieges sind mehr als 100.000 Menschen getötet worden und über 2,7 Millionen sind vor dem Krieg in die Nachbarländer geflohen: Türkei, Jordanien, Irak und Libanon.

Ayasha und ich haben ein schlechtes Gewissen, weil es uns so gut geht. Wir könnten, wenn wir wollten, jeden Tag mit unseren Eltern ins Restaurant gehen. Und in unserer Nachbarschaft haben andere Hunger.
Ich habe eine Kopie von der Seite gemacht und mit nach Hause genommen. Alle waren entsetzt.

Großvater hat verboten, beim Abendessen darüber zu reden. Er war richtig ärgerlich auf mich, was er sonst selten ist. „Deine Großmutter hat sich so viel Mühe mit dem Kochen gegeben. Und nun hat keiner mehr richtig Hunger“, schimpfte er.
„Aber wir wissen nicht mal, was Hunger ist!“, sagte Simon. Ich war meinem Bruder sehr dankbar, denn die anderen Erwachsenen am Tisch schwiegen. Das Verbot von Großvater war ganz in ihrem Sinn. Sie wollten nicht sehen, was passierte.

14.4.2014

Maalula ist von Regierungstruppen zurückerobert worden. Fünf Monate lang hatten es die Rebellen besetzt. Vielleicht erfahren wir nun endlich, was mit Qasho passiert ist. Ob er noch lebt?

17.4.2014

Dinah aus unserer Gemeinde ist tot. Sie war so alt wie Noah und auf dem Weg zur Schule. Die Granate tötete sie und verletzte 36 andere Personen. Auch ihre große Schwester, die sie zur Schule begleiten sollte. Wir waren alle auf ihrer Beerdigung.
Es kann jeden von uns jeden Tag treffen. Wir beten um Frieden.
Wenn wir morgens aus dem Haus gehen, verabschiedet Großvater uns, als würden wir in den Krieg ziehen und so ist es ja eigentlich auch. Auch wenn die meisten Raketen und Autobomben in den Vororten fallen.

18.4.2014

Unsere Collage wurde in der Aula neben den anderen ausgestellt und von allen sehr gelobt. Es ist die einzige Arbeit, die sich mit der aktuellen Situation in Syrien befasst. Und genau darum musste sie heute schon wieder entfernt werden.

Ayasha und ich konnten es nicht fassen. Aber unser Direktor meinte, es könnte Schwierigkeiten für die Schule geben, denn die Zahlen seien ja ein indirekter Angriff auf den Präsidenten.

Ayasha war so wütend, dass sie gerufen hat: „Der Präsident kann froh sein, dass wir ihn nur mit Zahlen beschießen!"

Ich glaube, unser Direktor ist derselben Meinung. Er sagte nur: „Das, meine liebe Ayasha, solltest du lieber nur denken, aber nicht aussprechen."

Da hat Ayasha noch Glück gehabt.

Wir haben dann eine neue Collage gemacht mit einem riesigen Grabstein, auf den wir die Worte geschrieben haben: „Collage de Ayasha et Talitha. Repose en Paix!" Das heißt: Ruhe in Frieden!

Am nächsten Tag war sie verschwunden. Aber auf dem Schulhof haben uns viele angesprochen. Wir waren nicht alleine mit unserer Empörung.

20.4.2014

Ostern. Das Fest der Auferstehung von den Toten. Am Ende unseres Lebens werden wir alle Menschen, die vor uns gestorben sind, wiedersehen. Früher habe ich daran geglaubt. Jetzt weiß ich nicht, ob es stimmt. Vielleicht ist

es ein Märchen, weil die Menschen Hoffnung brauchen, dass der Tod nicht der endgültige Abschied ist, dass es ein Wiedersehen gibt.
Ich weiß es nicht, Qashto, aber weil ich die Hoffnung brauche, wünsche ich mir, dass es kein Märchen ist und ich dich eines Tages wiedersehe.
Solange ich denken kann, sind wir zu Ostern nach Maalula gefahren. Aber das geht noch nicht wieder. Nur Präsident Assad durfte Maalula besichtigen. Wir saßen alle vor dem Fernsehen und schauten zu, wie er durch die zerstörten Kirchen und Klöster ging.
Wir haben die Bilder gesehen und geweint.
Maalula ist komplett zerstört. Eine tote Stadt, eine Stadt der Toten. Gut, dass du das nicht erleben musstest, Qashto. Es hätte dir das Herz gebrochen. Nur die Erinnerungen leben weiter und der Hass auf die, die das gemacht haben.
Assad versprach, dass alles wieder aufgebaut wird. Und noch wichtiger: Er versprach, dass er die Christen schützen werde: „Maalula wird standhaft bleiben im Angesicht der Barbarei all jener, die gegen unsere Heimat vorgehen", sagte er und wünschte allen Christen ein „glückliches Osterfest".
„Es gibt keine Alternative zu ihm!", sagte Großvater und schaute triumphierend in die Runde. „Was wird, wenn er nicht mehr da ist? Eine islamische Regierung mit der Mehrheit der Sunniten. Werden sie uns schützen vor den fanatischen Muslimen? Die Antwort lautet für uns: Nein!"
Und an diesem Abend widersprach ihm niemand.

22.4.2014

Noahs Erstkommunion war seit vielen Monaten wieder ein großes fröhliches Fest. Nach dem Gottesdienst kamen Verwandte und viele Freunde zu uns. Schon Tage vorher haben wir fast rund um die Uhr gekocht, gebacken und gebraten.

Nur du hast gefehlt, Qashto. Und deine Butterkekse mit Dattelfüllung. Mutter hat sie nach deinem Rezept gemacht und wir haben sie auch alle sehr gelobt, aber deine waren viel besser.

29.4.2014

Cousin Mikhael ist tot.

Die Regierung hat in Aleppo Fassbomben abwerfen lassen. Die Fässer sind mit Sprengstoff und Stahlschrott gefüllt. Wenn sie auf dem Boden aufschlagen, explodieren sie in einem Feuerball und die Metallstücke im Inneren werden überall hingeschleudert. Das gibt besonders schwere Verletzungen, sagt Vater. Er muss in seinem Krankenhaus jeden Tag solche Verletzungen behandeln. Mikhael ist drei Tage später an seinen Verletzungen gestorben.

Wir trauern um ihn. Wir kommen gar nicht mehr aus dem Trauern heraus.

Die Regierung lässt immer wieder empört in den Nachrichten verkünden, so was würde sie nie tun. Fassbomben! Aber niemand glaubt ihr.

Und das Furchtbare ist, die Regierung interessiert sich nicht mal dafür, ob wir das glauben. Sie machen einfach weiter.

Nun hängt in unserer Totengalerie auch das Bild von Cousin Mikhael.
Wir hoffen alle, es wird das letzte sein.

1.5.2014

Amir war da. Da Simon noch nicht zu Hause war, haben wir im Innenhof gesessen und geplaudert. Er ist sehr lustig und wir haben viel gelacht. Natürlich hat uns Tante Hannah aus dem Küchenfenster beobachtet. Sie kam dann mit einer Schale Gemüse, setzte sich auf eine Bank in unserer Nähe und fing an, die Möhren zu schälen. Zwischendurch warf sie uns unfreundliche Blicke zu.

Als Simon kam, hat sich Amir höflich von ihr verabschiedet und gesagt: „Keine Sorge! Talitha ist wie meine kleine Schwester!"
Kleine Schwester! Na, das war wie ein Eimer mit eiskaltem Wasser über meinen Kopf. Es war vorbei, bevor es angefangen hatte.
Tante Hannah hat Amirs Bemerkung gar nicht beruhigt. Ich musste in der Küche beim Abendessenvorbereiten helfen und dabei redete sie pausenlos darüber, wie sich ein anständiges Mädchen benehmen müsste und dass ich mir ein Beispiel an ihrer Tochter nehmen sollte.
Ich mag Zarah sehr, sonst hätte ich Tante Hannah bestimmt darüber aufgeklärt, dass Zarah nun wirklich das falsche Vorbild ist.
„Tut es weh?", wollte Zarah wissen, als ich ihr von Amirs Kleiner-Schwester-Bemerkung erzählte.
Nicht wirklich. Amir war nicht mehr als ein Kribbeln im Bauch gewesen.

„Dann war es auch keine Liebe!“, meinte Zarah. Und sie muss es ja wissen.
Im nächsten Schuljahr werde ich Basketball nicht mehr wählen.

3.5.2014

Präsident Assad hat angekündigt, dass er am 3. Juni erneut zur Wahl des Präsidenten antreten wird. Die Wahl ist ein Witz, weil es keinen Gegenkandidaten gibt. Aber das dürfen wir nur noch leise sagen. Großvater hat wieder mal verboten, dass in seinem Haus über Politik geredet wird.
Es gibt keine Alternative für uns Christen und basta!
Nun ist sie wieder da, die Oase. Aber es ist nicht mehr dasselbe. Die Wüste hat sich längst in ihr ausgebreitet. Es ist der hilflose Versuch von Großvater, die Vergangenheit zurückzuholen.
Nur Samirs fliegender Märchenteppich kann uns für wenige Stunden aus unserem Alltag in seine Zauberwelt entführen.

20.5.2014

In ein paar Wochen beginnen die Abschlussklausuren. Lernen, lernen, lernen!
Großmutter und Tante Hannah versorgen alle mit Keksen und frischem Zitronensaft mit einem Schuss Rosenwasser. Angeblich soll das den Geist klar machen. Aber wohl nur, wenn man nicht so viele Kekse dazu isst wie ich.

5.6.2014

Während im ganzen Land Menschen durch seine Bomben sterben, wird Präsident Assad wiedergewählt. 88,7% der Stimmen. Echt oder Fälschung? Das werden wir niemals wissen.

Ich würde gerne wissen, wer aus meiner Familie ihn nicht gewählt hat, aber diese Frage traue ich mich nicht zu stellen. Sie würde den Frieden in der Oase endgültig zerstören.

10.6.2014

Mein Leben besteht seit Wochen nur aus lernen. Erst in der Schule und dann zu Hause. Schuljahresabschlussprüfungen heißt dieser Horror, der jedes Jahr um diese Zeit nicht nur über unsere Schule, sondern über alle Schulen in Syrien herfällt.

„Wer das ganze Jahr über aufgepasst hat und fleißig gelernt hat, muss sich überhaupt keine Sorgen machen", das sagt uns jeder Lehrer. Ob die früher auch so entspannt waren, als sie selber an unserer Stelle saßen? Wohl eher nicht.

Ich war meistens fleißig und doch habe ich das Gefühl, dass in meinem Kopf nur die Hälfte von dem Platz hat, was eigentlich drin sein sollte.

5.7.2014

Geschafft! Geschafft! Meine Punktzahl hätte besser sein können, aber was soll´s, im September beginnt das neue Schuljahr.

Ferien!! Ferien!!

10.7.2014

Was mache ich bloß mit der freien Zeit? Sonst waren wir immer in Maalula. Aber daran ist nicht zu denken. Maalula ist zerstört. Du bist nicht mehr da, Qashto. Großvater vermisst.
Manchmal sind wir in den Ferien nach Latakia ans Meer gefahren. Aber da kommen wir nicht mehr hin. Der Weg dorthin führt durch Kampfgebiete. Vater hatte auch schon mal in Tripolis am Meer im Libanon eine Ferienwohnung gemietet. Aber auch das geht in diesem Jahr nicht mehr.

15.7.2014

Sie haben es mir mit Absicht nicht früher gesagt! Damit ich meine Prüfungen noch in Ruhe schreiben kann!
Mutter hat uns mitgeteilt, dass wir das Schulgeld nicht mehr bezahlen können. Nur Simon darf bleiben, weil er im nächsten Jahr sein Bac macht. Ich habe geweint, geschimpft, keine Chance ...
„Es leben zu viele im Haus, die versorgt werden müssen, da können wir die teure Privatschule nicht mehr bezahlen“, hat Mutter mir erklärt. „Und ich finde auch keine Arbeit.“
Ich weiß, sie hat ja Recht. Meine Tante mit Familie, dann ihre Freundin mit Familie. Sie haben alles verloren und keine Arbeit. Und wir haben nur den Verdienst von Vater und das Vermögen von Großvater. Aber das wird immer weniger.
Was sie mir nicht sagte, was ich aber zufällig mitgehört habe: Die Familie will jeden möglichen Cent sparen, falls

der Moment kommen sollte und wir das Land verlassen müssen.
Ich hoffe, dass das nie sein wird. Ich will kein Flüchtling werden, irgendwo in einem fremden Land leben, in dem ich die Sprache nicht kenne, wo man mich aufnimmt, weil man Mitleid mit mir hat, aber ich eigentlich weiß, dass man froh wäre, wenn ich wieder ginge. Das will ich nicht. Trotz allem bin ich glücklich hier.
Mutter hat versprochen, dass ich zurück auf meine alte Schule darf, sobald sie einen Job gefunden hat.

16.7.2014

Zarah freut sich, dass ich nun auf ihre Schule gehen werde. Sie wünscht sich, dass wir in die gleiche Klasse kommen. Ich weiß nicht, ob ich mir das wünschen soll. Ich mag Zarah, aber sie wohnt jetzt schon in meinem Zimmer. Nachmittags und abends Zarah und am Wochenende quasi rund um die Uhr Zarah und dann auch noch morgens in der Schule neben Zarah sitzen, das ist ein bisschen zu viel Zarah.

20.7.2014

Heute war ich bei Ayasha. Mit ihrem großen Bruder Djamal sind wir in den Suq gegangen. Wir haben in der Eisdiele Vanilleeis mit Pistazien gegessen. Ich liebe es! Für eine Schale Vanilleeis mit Pistazien würde ich fast alles tun.
Djamal hat eine Freundin, Faizah, die war auch mit dabei. Alleine dürfte sie nicht mit ihm spazieren gehen, genauso wenig wie Ayasha und ich zusammen auf den Basar gehen dürften.

Meine Eltern denken, wir sind mit Djamal auf dem Basar und Faizahs Eltern denken, sie ist bei Ayasha.
Was ja alles auch irgendwie stimmt.

26.7.2014

Ich bin jeden zweiten Tag bei Ayasha. Meist gehen wir dann zu viert auf den Basar.

30.7.2014

Meine Eltern reden heimlich von Flucht. Sie haben Angst, weil die Milizen des Islamischen Staates immer näher kommen. Sogar in den Vororten von Damaskus sind sie schon. Sie sagen, sie führen einen Heiligen Krieg gegen alle „Ungläubigen". Damit meinen sie auch uns Christen.
Ich will nicht weg von Damaskus. Wohin auch? Überall bei uns sieht man die Flüchtlinge aus dem Irak. Sie haben keine Wohnung, nichts zu essen.
Mutter hat gesagt, dass sie auch nicht fliehen will, aber vielleicht müssen wir es. In Mossul im Irak haben die Islamisten alle Christen vertrieben. Sie haben an alle Haustüren, wo Christen wohnen, ein „N" für „Nazarener" gemalt und ein Ultimatum gestellt: entweder sie sollen gehen, zum Islam übertreten, eine Schutzsteuer zahlen oder sterben. Die meisten sind gegangen.
Wir werden auch flüchten, wenn sie näher kommen.
In Ar-Raqqa sind sie schon. Sie haben die Kirchen zerstört und in allen Häusern die Bibeln eingesammelt und verbrannt. Kreuze darf man nicht mehr tragen. Alle Frauen, auch die Christinnen müssen die Burka tragen,

diesen hässlichen schwarzen Ganzkörpersack, bei dem nur noch die Augen rausgucken.
Ar-Raqqa ist nur 400 Kilometer entfernt.

1.8.2014

„Von Mossul bis Beirut sind wir alle Christen". Das hat Dima Sadek im libanesischen Fernsehen gesagt. Und sie hat dazu ein T-Shirt getragen mit dem „N" darauf. Sie ist keine Christin, sie ist Muslima. Sie sagt wie viele andere Muslime, die Islamisten seien Mörder und keine richtigen Muslime. Sie schämt sich dafür. Vor allem ist sie aber sehr mutig. Das kann sie ihr Leben kosten.
Ich bewundere sie für ihren Mut!

4.9.2014

Heute ist mein 15. Geburtstag und dein 1. Todestag, Qashto. Feiern und trauern, wie soll das gehen?
Ich kann heute nicht feiern. Die Erinnerungen an den Tag vor einem Jahr, als der Anruf mit der Todesnachricht kam, laufen in einer Endlosschleife durch meinen Kopf.

6.9.2014

Ich hasse meine neue Schule! Es ist alles so ganz anders, fremd wie auf einem unbekannten Planeten.
Das Gebäude ist alt und riecht muffig. Und es sind nur Mädchen. In den staatlichen Schulen wird nach Geschlecht getrennt. 1200 Mädchen! 50 Schülerinnen pro Klasse, drei teilen sich einen Tisch.
Das Schlimmste ist die Schuluniform: blaue Hose, pinkfarbenes T-Shirt und pinkfarbene Jacke. Ich komme

mir vor wie ein pinkfarbenes Bonbon. Ich hasse pink. Make-up ist verboten und Schmuck auch.
Schon am ersten Tag habe ich Ärger bekommen, weil ich meine Jacke vor dem Schultor ausgezogen hatte. Es war so heiß! Vor der Eingangstür stand eine Schülerin, nicht älter als ich, und kontrollierte, ob wir auch alle die Uniformjacke tragen.
Ich dachte, das sei ein Witz und bin einfach weitergegangen. Sie hat mich zurückgeholt und auch noch eine Lehrerin zu Hilfe gebeten. Die hat mir dann erklärt, dass Jacken trotz Hitze Pflicht seien. „Das nennt man Disziplin“, sagte sie. „Und in Zukunft halte dich an die Anweisungen von Akilah. Sie steht im Auftrag der Schulleitung hier.“
Zarah fand es sehr witzig, dass ich bereits am ersten Schultag eine Ermahnung bekommen habe. Ich kann darüber nicht lachen! Und ihr wird das Lachen auch vergehen, falls sie diesen gar nicht komischen „Witz“ beim Abendessen erzählen sollte!
Noch schlimmer als die Uniform: Ich darf meine Kette mit dem Kreuz nicht tragen, weil es ein religiöses Symbol ist und die sind in allen staatlichen Schulen verboten. Der Präsident will, dass wir als eine arabische Nation auftreten, die Unterschiede im Glauben müssen privat bleiben. Und die Schule ist ein öffentlicher Raum.
Du hast mir das kleine goldene Kreuz zur Erstkommunion geschenkt, Qashto. Ich trage es immer und wenn ich sage immer, dann meine ich auch immer! Es ist kein religiöses Symbol, es ist eine Erinnerung.
Aber ich hätte genauso gut mit einem Felsen reden können. Für einen Moment dachte ich, diese Akilah würde

es mir wegnehmen, aber ich sollte es nur in die Tasche stecken. Meine beste Freundin wird sie nicht werden! Ich hasse diese Schule!

9.9.2014

Jeden Morgen müssen wir uns auf dem Schulhof versammeln. Dann ruft die Direktorin das nationale Motto: „Eine arabische Nation!"
Die Schüler schreien: „Mit einer göttlichen Mission!"
Direktorin: „Unsere Ziele:"
Schüler: „Einheit, Freiheit, Sozialismus!"
Ich habe nur meinen Mund bewegt.
Mehr Freiheit? Wissen die hier nicht, was im Land passiert? Es gibt nur eine Partei und wer nicht für sie ist, ist gegen sie. Schöne Freiheit!
Danach wird die Nationalhymne gespielt und dann die Fahne gehisst. Anschließend beginnt der Unterricht.
Alle Kinder ab 6 müssen Pioniere der Baath-Partei sein. Das hatte bei uns an der internationalen Schule keine Bedeutung. Es war ja eine Privatschule.
Noah geht nun auch auf eine staatliche Grundschule. Er hat uns gezeigt, was er machen muss, wenn Besuch von der Partei kommt: stramm stehen und mit seinen Mitschülern im Chor brüllen: „Ich bin Syrer. Ich bin glücklich! Gott, Syrien und Bashar Assad!"
„Ich bin auch Syrerin", hat Mama gesagt, „aber ich bin zur Zeit gar nicht glücklich!"
Vater hat sie gepufft. Ab jetzt müssen wir aufpassen, was wir zu Noah sagen, sonst haben wir die Geheimpolizei auf dem Hals.

10.9.2014

Daria ist neu wie ich. Sie war bis jetzt auf einer islamischen Sharia-Schule. Sie kommt hierher, um sich aufs Bac vorzubereiten. Allah will, dass wir Wissen erwerben, sagt sie. Sie möchte später mal Astronautin werden und in einem Spaceshuttle sitzen.

Sie trägt den Hidschab wie viele hier. Auch Lehrer. Ich finde den Hidschab nicht so schlimm, weil er ja nur den Kopf und den Hals bedeckt. Anders als die Burka. Unsere Direktorin trägt keinen Hidschab. Sie kam in der ersten Stunde, um mit uns darüber zu diskutieren. Vor zehn Jahren, als sie an der Schule anfing, hat niemand so etwas getragen, erklärte sie uns.

Sie wollte von uns wissen, ob wir Teil der modernen Welt sein wollten und ob der Hidschab uns daran nicht hindern würde.

Es gab eine heftige Diskussion zwischen Daria, der Neuen von der Sharia-Schule und der Direktorin. Daria meinte, dass man den Hidschab tragen muss, wenn man die Religion des Islam ernst nimmt. Die Direktorin und die anderen Mädchen sahen das anders. Wer das möchte, sollte ihn tragen, das hat aber nichts damit zu tun, ob man eine bessere Muslima ist oder nicht.

Ich mag die Direktorin und darum hab ich mich getraut zu fragen, warum der Hidschab erlaubt ist, das Kreuz aber nicht.

Weil der Hidschab kein religiöses Symbol ist, hat sie gesagt.

Sie ist auch Muslima, hat nie ein Kopftuch getragen und wird das auch nie. Ihre Töchter auch nicht. Es habe nichts mit dem Islam zu tun. Mädchen sollten ihr Leben leben und sich von anderen keine Vorschriften machen lassen. Sie gefällt mir wirklich sehr!

Daria sah das anders. Für sie ist das Tragen des Kopftuchs eine heilige religiöse Pflicht für alle Muslimas. Der Hidschab gibt ihr mehr Freiheit, weil sie dadurch nicht den Blicken der Männer ausgesetzt ist.

Einige Mädchen kicherten und auch die Direktorin lächelte. „Na ja, es gibt durchaus Mädchen und Frauen, die diese Blicke genießen. Aber jeder so, wie er möchte.“

Vielleicht ist das die Freiheit, die wir morgens beschwören sollen. Jeder so, wie er möchte. Jeder kann bei uns das glauben, was er möchte. Das jedenfalls zieht unser Präsident konsequent durch. Und darum hat er nach wie vor die Unterstützung der meisten Christen – noch!

In diesem Punkt bin ich sogar uneingeschränkt seiner Meinung.

11.9.2014

Yudit kommt aus dem Irak. Sie ist mit ihrem Bruder hierher geflüchtet. Ihre Eltern sind bei einem Bombenangriff ums Leben gekommen. Sie ist Christin. Sie ist schon achtzehn, aber sie geht nun in meine Klasse, weil sie drei Jahre Unterricht verloren hat.

Sie besteht nur aus Angst. Angst vor lauten Geräuschen, Angst vor Lehrern, die grimmig ausschauen, Angst, dass sie nicht hierbleiben kann.

Ich mag sie. Aber vor allem habe ich Mitleid mit ihr. Großvater hat erlaubt, dass sie und ihr Bruder zur

Märchenstunde am Samstag zu uns kommen. Vielleicht kann der fliegende Teppich ihre Ängste für einige Stunden vertreiben.

12.9.2014

Mein Lieblingsfach ist Philosophie: Warum existieren wir? Woher kommen wir? Wie wurde das Universum erschaffen? Was war davor oder war da nur das große Nichts? Was ist das Gegenteil von göttlich? „Menschlichkeit!“, sagt unser Philosophielehrer.
Es gibt Islamkunde bei Madame Ramadan. Sie erzählt uns, dass wir anders als in Geographie kein Examen in ihrem Fach machen müssen. Erst an unserem Grab entscheidet sich, ob wir alles richtig gemacht haben.
Wir haben Arabisch- und Englischunterricht. Kein Französisch, was sehr schade ist.

13.9.2014

Jeden Abend telefoniere ich stundenlang mit Ayasha. Ich quetsche jedes Detail aus ihr raus. Über unsere Klasse, über die Lehrer. Und wenn sie erzählt, bin ich glücklich, wieder ein Teil meiner alten Schule zu sein.
Aber dann, wenn wir aufhören zu telefonieren, kommt der Absturz. Es ist wie bei Samir und seinen Geschichten. Es ist nur ein Märchen, mit meinem neuen Leben hat es nichts zu tun. Es ist sogar schlimmer als bei Samir, denn das, was heute ein Märchen ist, war vor ein paar Wochen noch mein reales Leben.

14.9.2014

Heute ist das Fest des Heiligen Kreuzes. Wir sind alle nach Maalula gefahren auf der Suche nach unseren Erinnerungen. Aber es wird nie wieder so sein wie früher. Nur die Felsen haben sie nicht zerstören können. Der Eingang zum Kloster ist ein Trümmerhaufen. Es riecht verbrannt. In der Kirche scheint die Sonne durch das riesige Loch in der Kuppel.

Mutter meinte, das macht Hoffnung.

Ich kann die Hoffnung nicht sehen.

Wir beteten das *Vater unser* auf aramäisch.

Später besuchten wir den Gottesdienst, der unter freiem Himmel stattfand. Tante Mirjam hat die Geschichte von Jairus aus dem Markusevangelium vorgelesen. Ich kenne sie auswendig.

Als Jesus am Ufer ankam, versammelte sich eine große Menschenmenge dort. Auch der Vorsteher der Synagoge. Er hieß Jairus. Seine Tochter lag im Sterben und er bat Jesus, dass er kommen und ihr helfen solle.

Als sie am Haus ankamen, war das Mädchen schon gestorben. Und vor dem Haus stand eine große Menge und weinte. Da sagte Jesus: „Warum weint ihr? Sie ist nicht tot. Sie schläft nur." Und er ging hinein, nahm ihre Hand und sagte: „Talitha kum!" Das heißt: Mädchen, steht auf! Und da stand sie auf und ging umher.

Mk 5,21-24a.35-43

Jetzt werden die Feuerbälle den Berg heruntergerollt. Es ist ein verzweifelter Versuch so zu tun, als ob alles in Ordnung ist.

Aber nichts ist in Ordnung.

Das spüre ich hier ganz deutlich.
Es wird nie wieder so sein wie früher. Häuser liegen in Trümmern, Fenster sind aus den Rahmen gesprungen, Wände und Türen verkohlt.
Am liebsten würde ich nicht mehr kommen. Es tut so weh. Die Erinnerungen tun weh. Früher kam ich, um dich zu sehen, Qashto, mit dir zu lachen und deine Geschichten zu hören.
Heute besuche ich dein Grab, stehe davor und warte.
Aber du schweigst.
Dann schließe ich meine Augen und spüre deine Nähe.
Ich möchte sie nie wieder öffnen.
Nie wieder.
Ich bin alleine den Berg hochgeklettert, dorthin, wo die kleine Quelle aus dem Fels springt, von der man sagt, das Wasser sind die Tränen der heiligen Thekla, die um dieKinder und Männer des Dorfes weint, die wegen ihr getötet wurden.
Ich weine auch, aber niemand soll meine Tränen sehen.
Hier oben haben wir so oft gesessen, Qashto, und du hast mir die Geschichte von Talitha erzählt.
„Talitha kum!“ Das hast du immer gesagt, wenn ich traurig war. Und das würdest du wohl auch jetzt zu mir sagen.

Immer noch Keleti-Bahnhof, Budapest 3.9.2015

Der Zug fährt los.
Endlich!
Wir haben es geschafft!
Er fährt durch bis Wien!!
Neben mir jubeln die Menschen, lachen, liegen sich in den Armen. Es geht weiter, Richtung Westen. Jetzt sind wieder alle Wege offen.
Wir freuen uns, auch wenn Vater nicht gekommen ist. Bis zuletzt haben wir gehofft.
„Er wird nachkommen!", sagt Mutter und ich nicke, obwohl wir beide wissen, dass er ins Gefängnis gesperrt wird, wenn er nach dem 15.9. noch in Ungarn entdeckt wird.
Illegal!
Ohne Visum!
Ja, das ginge in Syrien auch nicht. Da würde man auch ausgewiesen. Aber wo sollten wir denn ein Visum beantragen? Die Botschaften in Damaskus haben geschlossen. Und wir mussten heimlich gehen.
Wir können nur hoffen, dass wir ohne Visum durchkommen.
„Er findet einen anderen Weg!", sagt Mutter.
„Was passiert, wenn die anderen Länder auch ihre Grenzen schließen?"
„Darüber denken wir jetzt besser nicht nach. Wir freuen uns einfach, dass es weitergeht."
Bis zuletzt habe ich gehofft, dass einer der Menschen am Bahnhof mein Vater sein würde, aber er bleibt verschwunden. Sein Handy ist abgeschaltet. Wir haben es immer wieder versucht. Er ruft auch nicht zurück. Vielleicht ist sein Akku leer oder aber ...

Aber darüber reden wir nicht, Mutter und ich. Und wenn Noah fragt, dann sagen wir nur. „Er ist bestimmt schon vorgefahren." Aber das ist eine Lüge. Wir haben ihn so oft belogen in den letzten Tagen.
Wir fahren. Es würde dir gefallen, Fady. So viele grüne Bäume. Und die Häuser haben rote Dächer. Hier musst du nicht auf den Bazar gehen, um Farben zu trinken. Hier reicht es, wenn du aus dem Fenster schaust.
Viele graue Häuser, nicht besonders hübsch, aber ohne Löcher. Und wenn du Rauchwolken am Himmel siehst, dann sind es Schornsteine von Fabriken.
Wir fahren und fahren. Das Ende unserer bislang sechswöchigen Reise ist in Sicht.
Beinahe hätte ich einen deiner kostbaren Briefe verloren. Der Klebstoff hatte sich gelöst und der Brief fiel heraus und flatterte auf den schlafenden Mann, der zu meinen Füßen liegt.
Ich hatte es nicht einmal bemerkt. Mutter hat ihn aufgehoben. Sie musste mich rütteln, ich kam von ganz weit her geflogen. Nun fliege ich zurück nach Damaskus in den September vor fast einem Jahr, als ich dich kennenlernte ...

„Du musst hundert Mal weinen
für ein Lächeln."
(arabische Weisheit)

Teil 2

Damaskus
Ende September 2014 bis Juli 2015

23.9.2014

Er heißt Fady und liebt Vanilleeis mit Pistazien. Wir haben ihn an Eid al Adha, dem Opferfest, im Suq in der Eisdiele Bakdash getroffen. Tante Hannah, Simon, Noah, Lubia, Zarah und ich. Er war mit seinen zwei Geschwistern da. Rani ist 10 und Kamila ist 7. Sie wohnen im Kinderdorf in Damaskus. Fady wohnt in Jarmuk, aber das ist für kleine Kinder inzwischen zu gefährlich. Darum hat er sie in Sicherheit ins Kinderdorf gebracht. Jeden Donnerstag besucht er sie und heute zum Opferfest hat er sie hierher geführt. Es gibt keine neuen Kleider und keine Geschenke für sie. Dafür ist das Geld nicht da. Aber für Eis reicht es.

Ich weiß nicht, wie alt er ist. 17 oder 18. Er hat gelockte Haare und ein wunderschönes Lachen, das gleichzeitig aus seinem Mund und aus seinen Augen kommt.

Tante Hannah sagt, ich hätte ihn die ganze Zeit angestarrt. Das gehörte sich nicht und außerdem sei er Muslim. Das ginge schon mal gar nicht.

Ich habe nicht gemerkt, dass ich ihn angestarrt habe. Außerdem will ich ihn ja nicht gleich heiraten. Aber toll sieht er schon aus.

Tante Hannah sagt, er sei ein guter Bruder, weil er sich so um seine Geschwister kümmert. Simon jedenfalls hat er auch gut gefallen. Die beiden sind noch geblieben, als wir zurück nach Hause aufbrachen.

Ich wäre auch gerne geblieben. Aber ich hatte noch nicht mal den Mund geöffnet, als Tante Hannah mir zuzischte: „Denk nicht mal dran, Talitha! Du bist ein anständiges Mädchen."

Zarah musste so lachen, dass sie einen Schluckauf bekam. „Gut, dass meine Mutter nicht weiß, worüber wir in Philosophie gerade reden!", hat sie gesagt.
Da hat sie wohl Recht. Sie würde uns sicherlich in einer anderen Schule anmelden. Wir sprechen nämlich über die griechischen Epikureer. Als Hausaufgabe sollten wir beantworten: „Was ist die Hauptthese der Epikureer?" Und die richtige Antwort lautet nun mal: „Moral ist auf Vergnügen aufgebaut, und Vergnügen ist der Sinn des Lebens."
Und es ist noch besser, dass sie nicht weiß, dass Zarah seit zwei Monaten einen Freund hat. Sie chattet mit ihm. Er sieht sehr nett aus und was er schreibt, sollte Tante Hannah besser nie erfahren. Zarah hat ihn noch nie getroffen, aber sie sagt, sie ist verliebt in ihn.

25.9.2014

Simon ist ein Computerfreak. Früher hat er meist Spiele gemacht, rumgeballert, jede Menge Leute abgeknallt. Virtuell versteht sich. Simon ist der friedlichste Mensch, den ich kenne. Er kann nicht mal eine Fliege töten.
Darum war Mutter ja so entsetzt. Wie oft haben sie schon darüber diskutiert. „Es gibt im Leben genug Tote!" „Das hier ist ein Spiel, und hinterher stehen sie wieder auf."

In den letzten Monaten aber hat er kaum noch gespielt. Er hat jeden Abend im Internet Nachrichten über Syrien und Damaskus gesucht. Nachrichten, die bei uns im Fernsehen unterschlagen werden.
Heute ist er auf der Seite der Menschenrechtsorganisation Human Rights Watch (HRW) auf Fotos gestoßen, die

ein syrischer Militärfotograf vor einem Jahr aus Syrien herausgeschmuggelt hat. Es sind Bilder von Gefangenen in den Gefängnissen des syrischen Geheimdienstes. Bilder von toten Gefangenen, die gefoltert wurden. 28.000! Auf einem dieser Bilder schaute ihn das blutige Gesicht seines besten Freundes an: Mohamed. Er war fünfzehn, als er vor zwei Jahren verhaftet wurde, weil er auf seinem Handy ein regierungskritisches Lied gespeichert hatte.
Simon hat das Bild ausgedruckt und ist mit Vater zu den Eltern gefahren. Es ist tatsächlich Mohamed. Die Eltern haben viel Geld für Bestechung ausgegeben, um ihn freizubekommen oder wenigstens eine Information zu erhalten.
Vergeblich.
Nun haben sie die Gewissheit, dass er tot ist. Geahnt hatten es alle, aber sie hatten gehofft. Auch Simon. Seit der Grundschule sind sie zusammen gewesen. Das Lied war nur ein Spaß, weil ihm die Melodie gefiel.
Auch Simon hatte es auf seinem Handy.
Aber Simon hat Glück gehabt.

30.9.2014

Simon trifft sich heimlich mit Fady. Er spricht nicht darüber, aber ich habe sie zusammen gesehen, als ich mit Mutter Gemüse und Gewürze auf dem Suq eingekauft habe. Ich habe ihm zugewinkt, aber er hat sich umgedreht und ist im Gewühl verschwunden. Ich bin sicher, er hat mich auch gesehen.

10.10.2014

Abends gibt es jetzt immer heftige Diskussionen. Trotz Großvaters Verbot, versucht Simon immer wieder vom Krieg zu reden. Er kennt Einzelheiten aus Jarmuk, die er nur von Fady haben kann. Dann ist er im Internet auf die Nachrichten über neue Giftgasmorde gestoßen. „Habt ihr das gewusst? Ich dachte, Assad hat alle Gaswaffen vernichten müssen. “
Alle Erwachsenen haben sich verlegen angeschaut. „Wir lesen auch im Internet“, sagte Vater. „ Anfangs hat Assad sich nicht an die Absprachen gehalten. Aber nun sind die Giftvorräte vernichtet.“
„Sagt wer? Assad?“
„Und die Toten werden dadurch nicht wieder lebendig“, sagte ich.
Simon schaute mich dankbar an, Großvater war empört. „Es reicht, Simon und Talitha! Nicht bei Tisch.“

30.10.2014

Überall wird gekämpft. Der IS rückt voran und immer näher an Damaskus. Und mit ihm die Angst. Amnesty International hat berichtet, dass sie Kinder und junge Frauen als Kriegsbeute auf Sklavenmärkten verkaufen. Souzan war acht, als sie an einen IS-Milizen verkauft und dann vergewaltigt wurde. Sie hat sich anschließend umgebracht. Auch wenn Simon mit allem recht hat, gibt es für uns eine Alternative?
Vielleicht, wenn wir alle Muslime werden.
Aber auch du bist lieber gestorben, Qashto, als deinen Glauben zu verleugnen.

Gestern stand plötzlich ein Regenbogen über der Stadt.
Um mit ihm die Hoffnung auf Frieden.
Aber dann hat ihn die Wolke einer Explosion verdeckt.
Und mit ihm die Hoffnung auf Frieden.

1.11.2014

Fady ist jetzt öfter bei uns. Fast immer bringt er seine Geschwister mit. Während Simon mit Fady in seinem Zimmer verschwindet, wo sie den ganzen Nachmittag vor seinem Computer hocken, spielen Rani und Kamila mit Lubia im Innenhof. Nach dem Abendessen bringt Fady sie zurück ins Kinderdorf und geht selber zu seiner Mutter nach Jarmuk.

Im Gegensatz zu mir findet Tante Hannah es nicht gut, dass die drei so oft kommen. Vor allem Fady mag sie nicht. „Er ist Muslim!“, sagt sie jede Woche, nachdem sie Zarah und mich ermahnt hat, uns „anständig“ zu benehmen.

Großvater dagegen mag Fady und er mag es gar nicht, wenn Tante Hannah so redet: „Er und seine Familie sind Opfer von Gewalt, so wie du und deine Familie. Das hat bei uns noch nie einen Unterschied gemacht.“

„Hast du vergessen, was die Muslime mit meiner Mutter gemacht haben?“

„Das hat mit Fady nichts zu tun!“

Mutter meinte, am liebsten würde sie die beiden Kinder bei uns wohnen lassen. Aber leider sind alle Zimmer belegt.

Tante Hannah war entsetzt. „Dies ist ein christliches Haus!“, sagte sie.

„Genau so ist es!“, meinte Mutter. „Und es war keine Herberge zu finden, darum kamen sie in einem Stall bei Ochs und Esel unter.“

Tante Hannah bekam einen roten Kopf und ging.

Mutter seufzte. „Das wird sie mir noch wochenlang übel nehmen.“

„Und Weihnachten wird sie mit Tränen in den Augen das arme Jesuskind im Stall in der Krippe betrachten“, meinte Vater und nahm sie in den Arm. „Mach dir keine Gedanken. Du hast alles richtig gemacht. Und deine Mutter wäre stolz auf dich.“

Da hat sie recht, nicht wahr, Qashto?

Die Männer, die dich töteten, sind Mörder, genauso wie die Geheimdienstleute von Präsident Assad, unter denen es auch Christen gibt. Vielleicht hat einer von denen Mohamed getötet. Das hat nichts mit der Religion zu tun und schon gar nichts mit denen, die friedlich in der Moschee oder in der Kirche beten.

Aber Tante Hannah sieht das anders. Sie spricht seitdem kein Wort mehr mit Mutter, was die Stimmung für alle schlecht macht und nichts geändert hat.

Fady darf mit seinen Geschwistern weiter zu uns kommen. Er steht unter dem persönlichen Schutz von Großvater und der bestimmt nun mal, wer in seinem Haus ein- und ausgehen darf.

5.11.2014

Fady war wieder da. Weil Simon erst später kam, habe ich lange mit ihm geredet. Im Innenhof.

„Passt auf, ihr zwei!“, sagte Großmutter. „Reden dürft ihr.

Auch lachen und weinen. Aber verliebt euch bitte nicht, das geht nicht gut aus."
Das war mir peinlich!!
Warum muss Großmutter immer gleich ans Heiraten denken? Sie hat mit fünfzehn geheiratet, aber das habe ich nicht vor. Ich will erst studieren und dann ... irgendwann ... Und mit Fady rede ich doch nur. Ich mag ihn, sehr sogar.
Fady hat gelacht. „Meine Großmutter würde genauso reden!", sagte er. „Wenn sie noch leben würde."
Ich wartete, dass er weiter erzählte. Aber das tat er nicht. Leider!
Es war schade, dass in dem Moment Simon kam. Ich hatte noch so viele Fragen. Er spricht nie von seinem Vater.
Dann habe ich Rani gefragt, wo ihr Vater ist. Und ob sie noch mehr Geschwister hat. Und was ihre Mutter macht. Aber statt zu antworten, fing sie an zu weinen und rannte davon.
Ich hätte sie nicht fragen dürfen. Ich war nur neugierig und nun habe ich wohl böse Erinnerungen geweckt.

12.11.2014

Ich bin Headgirl für die Medien. Niemand wollte die Aufgabe. Da hat die Direktorin mich gefragt. Ich wollte auch nicht. Ich will hier ja nicht für immer bleiben. Aber das traute ich mich nicht zu sagen.
„Du lernst die anderen schneller kennen, wenn du ein solches Amt hast", hat sie gemeint.
Ich will sie eigentlich nicht kennenlernen. Ich habe meine Freundinnen, zu ihnen will ich zurück.

Aber ich wollte sie nicht enttäuschen, nun bin ich also Boss eines Medienraums mit sechs Computern, drei davon mit Internetanschluss. Ich muss aufpassen, dass sie in Ordnung sind. Sonst soll ich den Hausmeister rufen. Und ich bin für das Layout der Schulzeitung zuständig, die einmal im Monat erscheint.
„Aber auch für dich gilt das Verbot: Surfen für private Zwecke ist verboten!!“, sagte Frau Direktor zum Abschluss, so als hätte sie meine Gedanken erraten, was ich ziemlich unheimlich fand. Denn genau das hatte ich vor.

15.11.2014

Bei Tisch dürfen wir nicht mehr über Politik reden. Großvater hat es noch einmal ausdrücklich verboten. Aber später, wenn alle im Innenhof zusammensitzen, gibt es kein anderes Thema.
Simon wird immer kritischer. Neulich sagte er, er könne sich vorstellen, wie Cousin Mikhael zu den Rebellen zu gehen. Alle waren entsetzt.
Mutter: „Mikhael ist tot! Willst du das?“
Simon: „Nein! Natürlich nicht! Aber wir können nicht sitzen und reden und nichts tun!“
„Doch, weil wir überleben wollen.“
„Nein, weil wir hoffen, dass andere sich totschießen lassen, damit wir überleben können.“
Tante Hannah sagt, dass ist der Einfluss von Fady. Aber ich glaube, es ist wegen Mohamed.

30.11.2014

Nun war Fady schon zwei Wochen nicht mehr bei uns. Ich mache mir Sorgen. Simon sagt, er ist bestimmt nicht aus Jarmuk heraus gekommen. Der Vorort ist abgeriegelt. Er kann nicht so einfach rein und rausgehen. Vielleicht haben sie ihn auch erwischt.

Hoffentlich nicht!

Ich mag ihn, Qashto. Aber keine Sorge, ich verliebe mich nicht. Ich kenne deine Geschichte. Manchmal frage ich mich, ob du wirklich unglücklich geworden wärst, wenn du Ahmud geheiratet hättest.

„Christen und Muslime können Freunde sein, gemeinsam feiern, sich helfen, aber heiraten geht nicht", hast du gesagt. „Nur wenn einer seine Religion nicht ernst nimmt, kann es funktionieren. Sonst wird ein Riss durch die Familie gehen. Und die Kinder? Wohin gehören sie?"

Du hast Ahmud geliebt, warst todtraurig, aber du hast das getan, was deine Eltern verlangten. „Es war hart, aber der richtige Weg", hast du gesagt. „Wir hätten fliehen müssen. Irgendwo in eine andere Stadt, wo uns niemand kennt. Dann hätte es vielleicht funktioniert. Aber vielleicht auch nicht. Er wollte es versuchen, ich konnte mir nicht vorstellen, in der Fremde ohne meine Familie zu leben."

„Wo ist er jetzt?"

„Er ist aus Maalula weggegangen. Ich habe nie wieder von ihm gehört. Und dann kam dein Großvater und es war gut so."

Ich kann mir das auch nicht vorstellen. Die Familie zu verlassen, niemals.

8.12.2014

Fady war da! Ich war so glücklich, als er vor der Tür stand, dass ich ihm um den Hals gefallen bin. Er hat gelacht und mich gedrückt.

Tante Hannah war nicht glücklich. Sie hat die Angewohnheit, immer dann aufzutauchen, wenn man sie gar nicht gebrauchen kann! Sie hat mich sofort in die Küche bestellt und losgeschimpft. „Bist du verrückt geworden? Verhält sich so ein anständiges Mädchen? Aber deine Eltern mussten dich ja unbedingt auf diese internationale Schule schicken. Seit wann lernen Jungen und Mädchen zusammen?"

Meine Tante lebt im letzten Jahrhundert. Wenn sie wüsste, worüber wir in der Klasse reden! Oder ich mit meinen Freundinnen. In meiner Klasse gibt es Mädchen, die chatten jeden Tag mit Jungen. So wie ihre Tochter Zarah.

Simon war noch in der Schule, wo er von mir aus den ganzen Abend hätte bleiben können. Mutter meinte, wir könnten solange mit Rani, Kamila und Noah zum Bäcker gehen.

Es wird Weihnachten, auch wenn die Straßen in diesem Jahr nicht besonders dekoriert sind. Nur direkt im Zentrum hängen einige Lichterketten. Und unser Bäcker hat seinen Laden geschmückt. Ein Nikolaus in rotem Mantel mit einer großen Glocke stand da. Er verteilte Kekse und Schokolade an die Kinder. Ihre Augen leuchteten.

Fady lächelte mich glücklich an.

Und ich bin Mutter sehr dankbar, dass sie die gute Idee mit dem Bäcker hatte.

9.12.2014

Nach der Chorprobe habe ich Mutter und Großmutter geholfen. Wir verteilten in der Kirche warme Kleidung, die wir aus Deutschland und Österreich für die Flüchtlinge von unseren Partnerkirchen bekommen haben: Hosen, Jacken, Socken, Schuhe. Auch Kochtöpfe und Süßigkeiten für die Kinder haben wir weitergegeben.
Noah übt das Krippenspiel. Er ist in diesem Jahr der Joseph, Nahrin spielt die Maria. Das hatte Pfarrer Georges ihr im letzten Jahr versprochen. Sie hat neue Beinprothesen bekommen und übt laufen, weil sie die Maria nicht im Sitzen spielen will. Sie hat beide Beine verloren, als vor fünf Monaten auf dem Schulhof eine Granate explodierte. Tante Hannah bastelt mit den Kindern Tannenbaumschmuck für die Kirche.
Simon kam mal wieder zu spät zum Essen. Ganz außer Atem setzte er sich an den Tisch. Großvater runzelte die Stirn.
„Ich habe mit Joshua gelernt!", sagte Simon.
Alle nickten. Lernen war in Ordnung, aber nicht die Wahrheit.
„Viele Grüße von Fady!", flüsterte Simon mir ins Ohr und grinste.
Mein Herz klopfte wie immer, wenn ich an Fady dachte. Und jedes Mal hatte ich Angst, jemand könnte es bemerken – außer Zarah. Aber die weiß ja ohnehin Bescheid. Und sie wird mich nicht verraten. Schließlich kenne ich auch ihr Geheimnis.

10.11.2014

Ich habe Fady im Suq getroffen. Mutter und ich waren dort, um Gewürze einzukaufen. Und da stand er auf einmal. Zuerst hat er mich gar nicht gesehen. Er stand bewegungslos mitten zwischen den Säcken, in denen die Gewürze angeboten wurden: Paprika in verschiedenen Rottönen, knallgelber Safran, rotes Chilipulver, grüner Pfeffer, hellgelber Cumin, dunkelgelbes indisches Curry, Ingwer und unzählige andere Gewürze.

Ich traute mich gar nicht, ihn anzusprechen, so versunken war er.

Als Mutter ihn fröhlich begrüßte, zuckte er zusammen. Dann lächelte er.

„Was machst du hier?“, fragte Mutter. „Auch Gewürze kaufen?“

Er schüttelte den Kopf. „Ich trinke Farben.“

„Du trinkst ... Farben?“

„Hier im Suq gibt es mehr Farben, als ein Mensch zählen kann“, hat er gesagt. „Jedes Mal, bevor ich nach Jarmuk zurückgehe, komme ich hierher und trinke die bunten Farben. Farben bedeuten Leben, in Jarmuk ist alles grau. Grau sind die Ruinen, grau sind die Gesichter der Menschen. Grau von Staub und Dreck und von Kummer. Ich würde so gerne meiner Mutter eine Tüte Farben mitbringen.“

Mutter hatte Tränen in den Augen. Sie nahm Fady in den Arm und sagte auch nichts, als ich Fady zum Abschied umarmte.

13.12.2014

Simon ist tot und unser Haus wieder ein Tränenhaus.
Es ist gestern passiert. Wir waren zum Geburtstag bei Freunden eingeladen. Gefeiert wurde im Gemeindesaal. Simon hat gesagt, er muss für eine Klausur lernen. Er wollte sich wieder mit Joshua treffen. Dafür hatten alle Verständnis, schließlich schreibt er im Sommer sein Bac. Bestehen reicht nicht, er braucht eine möglichst hohe Punktzahl, damit er für Englisch zugelassen wird.
Als wir zurückkamen, war er immer noch nicht daheim und er kam auch den ganzen Abend nicht. Vater versuchte vergeblich, ihn anzurufen. Sein I-Phone war ausgeschaltet. Das war schon sehr merkwürdig. Auch bei Joshua konnten wir niemanden erreichen.
Mitten in der Nacht rief der Vater von Joshua an. Er kam gerade aus dem Krankenhaus, wo man seinen Sohn operiert hatte. Er war mit Simon nach dem Lernen noch auf den Basar gegangen. Auf dem Weg dorthin detonierte eine Autobombe. Joshua hatte die Explosion den rechten Arm zerfetzt. Er musste amputiert werden.
Simon war sofort tot.
Es gibt keine Worte für das, was diese Nachricht mit uns macht. Simon ist tot! Simon ist tot! Simon ist tot!
Tot, das heißt für immer fort!

14.12.2014

Es ist still im ganzen Haus, totenstill.
Die Stille und die Angst legen sich auf alles, was noch lebendig ist und saugen das Leben heraus. Wir sind wie

Roboter, die umhergehen, ihre Aufgaben machen, durch einen Chip gesteuert, ohne Leben, ohne Kraft.
Vater hat versucht, Simons Leiche für die Beerdigung zu bekommen, aber bei der Polizei haben sie gesagt, das geht nicht. Sie sind noch bei der Untersuchung. Sie würden sich melden.
Welche Untersuchung?
Mutter drehte beinahe durch, als Vater ihr das erzählte.

15.12.2014

Ich saß oben auf der Dachterrasse, als die Haustürglocke ertönte. Von oben konnte ich zwei Männer in Uniformen sehen. Ich schlich mich nach unten und hörte, wie sie meinen Vater anschrien. Sie wollten alle Computer im Haus sehen. Sie begannen mit den Räumen unten.
In dem Moment wusste ich, dass es etwas mit Simon und Fady und den Nachmittagen, die sie in Simons Zimmer an seinem Laptop verbracht hatten, zu tun haben musste.
Ich rannte zu seinem Zimmer, schnappte den Laptop und schlich mich die Treppe zur Dachterrasse hoch. Ich versteckte den Laptop im Taubenschlag von Onkel Petros. Da würden sie kaum nachsehen, die einzige Gefahr bestand darin, dass die Tauben den Laptop vollkackten.

Ich war kaum in meinem Zimmer zurück und hatte mein Mathebuch aufgeschlagen, als die Tür aufflog.
„Was machst du da?“, schnauzte mich der eine an.
„Mathehausaufgaben.“
Sie nahmen meinen Computer vom Schreibtisch und verschwanden wieder. Sie stellten das ganze Haus auf

den Kopf. Sie schauten auch kurz auf die Dachterrasse, gingen dann aber wieder.
Großvater fragte höflich, was denn überhaupt los sei. „Das ist doch bestimmt ein Missverständnis!"
Der Offizier hatte aber noch nie was von Höflichkeit gehört. Er schrie Großvater an: „Mund halten! Dies ist eine Kommandozentrale der Terroristen. Von hier aus sind Dateien gesendet worden. Auf Vaterlandsverrat steht die Todesstrafe."
Das war natürlich lächerlich!
Simon ein Terrorist!
Aber das hat niemand gesagt.
Wir waren starr vor Angst.
„Unser Sohn ist nicht so einer! Er hatte vielleicht nur die falschen Freunde!", stammelte Vater.
„Das ist keine Entschuldigung! Wir haben in seiner Tasche einen USB-Stick gefunden mit Terrorfotos! Vielleicht steckt ihr alle unter einer Decke!", schnauzte ihn der Offizier an.
Wir hatten Panik, dass er Vater verhaften würde.
Sie nahmen alle Computer mit und verließen das Haus wieder.
Es war der blanke Horror.
Simon tot und die ganze Familie unter Verdacht, einen Terroristen gedeckt zu haben. Was kann es Schlimmeres geben?
Wir saßen die ganze Nacht im Innenhof, haben uns aneinandergeklammert und geweint. Mutter ging es besonders schlimm. Sie saß da und hat sich nicht mehr gerührt. Als wäre sie auch tot. Und das war sie ja auch irgendwie.
Wie wir alle.

17.12.2014

Zwei Tage blieben wir zu Hause, weinten ohne Unterlass und warteten. Aber die Polizisten kamen nicht wieder.

„Sie haben nichts gefunden, weil es nichts zu finden gab!“, meinte Großvater.

Da war ich mir nicht so sicher.

Ich holte den Laptop vom Dach und öffnete ihn. Er war passwortgeschützt. Ich probierte einen ganze Weile herum, bis ich schließlich das richtige Passwort fand: „Sesam öffne dich“. In einer Datei „Fady“ fand ich Fadys Bilder von Jarmuk. Es war eine Doku über das Sterben in seinem Stadtteil.

In Simons Postfach fand ich die gesendeten Mails an ausländische Zeitungen auf der ganzen Welt. Jedes Mal, wenn Fady zu uns gekommen war, hatten sie offenbar die Mails verschickt.

Simon ein Terrorist?

Nein.

Aber Assad definiert „Terrorist“ so: Jeder, der gegen uns ist, ist ein Terrorist. Und wenn man das so sieht, hat er recht: Simon ist zum Terroristen geworden. Und jeden Tag werden mehr harmlose Bürger zu Terroristen, weil sie das sinnlose Sterben nicht mehr ansehen können.

Eines Tages wird die Hälfte von Assads Untertanen geflüchtet sein und die andere Hälfte ist zu Terroristen geworden.

Sagt ihm denn niemand, was in seinem Land vor sich geht?

Oder will er das nicht wissen?

18.12.2014

Ich wusste nicht, wie ich Fady erreichen sollte. Ich hoffte, er würde am Donnerstag wie immer kommen. Bis mir einfiel, dass er unter gar keinen Umständen hierher kommen durfte. Sie beobachteten sicherlich das Haus und jeden, der hinein und hinaus ging.

Ich musste ihn warnen. Ich hatte keine Handynummer von ihm. Aber ich kannte den Namen des Kinderdorfes, in dem seine Geschwister wohnten. Zu ihnen würde er zuerst gehen und danach zu uns. Dort konnte ich ihn abfangen.

Aus dem Internet suchte ich Adresse und Busverbindung heraus.

Heute Morgen ging ich ganz normal zur Schule, wechselte aber dann in den Bus, der zum Kinderdorf fuhr. Ich hatte Angst. Wenn mich nun auch eine Granate erwischte, würde niemand wissen, warum ich verschwunden war.

Ich hätte es jemandem sagen sollen!

Aber wem?

Meine Familie hätte mich eingesperrt und von meinen Freundinnen traute ich keiner hundertprozentig. Ich hätte erklären müssen, warum ich statt zur Schule quer durch die Stadt zu einem Kinderdorf wollte.

Auch Zarah kam als Mitwisserin nicht in Frage. Sie würde zu viele Fragen stellen und sich irgendwann verplappern. Sie half mir ohne es zu wissen, indem sie mit Fieber zu Hause blieb.

Am Eingang zum Kinderdorf setzte ich mich auf einen Stein und wartete.

Kurz nach Mittag tauchte Fady auf.

„Was ist passiert?“, fragte er ohne mich zu begrüßen. „Was machst du hier? Ist Simon auch da?“
„Er ist tot. Eine Autobombe.“
Er wurde kreidebleich und sagte erst mal gar nichts. Dann nahm er mich in den Arm. Wir standen da und weinten.
„Sie haben deinen USB-Stick bei ihm gefunden. Die Geheimpolizei war bei uns.“
„Welchen USB-Stick?“
„Hör auf, Fady. Ich habe die Bilder auf seinem Laptop gesehen. Deine Bilder.“
Fady schwieg. Dann sagte er: „Es ist meine Schuld. Ich hätte ihn da nicht mit hineinziehen sollen. Er wollte helfen. Und das hat er ja auch.“
„Ich weiß, ich habe seine E-Mails gelesen. An alle internationalen Zeitungen hat Simon sie geschickt.“
„Haben sie den Computer?“
„Den Computer schon, aber nicht den Laptop.“
„Er hätte alles löschen müssen. Ich habe es ihm immer gesagt. Manchmal habe ich gedacht, er nimmt die Gefahr nicht ernst. Es war für ihn wie ein Computerspiel und am Ende stehen die Toten wieder auf und das Spiel beginnt von vorne.“
„Aber es ist wichtig, dass die Bilder um die Welt gehen.“
Ich zeigte ihm den neuen USB-Stick, den ich mitgebracht hatte.
„Was ist das? Was soll das?“
„Wir machen weiter!“
„Wer ist wir?“
„Na, wer wohl. Du und ich!“
„Das ist viel zu gefährlich.“

„Ich sende von der Schule aus. Ich leite den Medienclub. Unsere Schule gilt als Musterschule der Partei. Jede zweite Woche erscheint ein Parteibonze, einmal kam sogar die Präsidentenfrau. Sie werden so etwas bei uns nicht vermuten."
Fady überlegte lange.
„Hast du jemand anderen, der senden kann?"
Er schüttelte den Kopf. „Die Internetcafés in der Stadt werden vom Geheimdienst überwacht ... Na gut, wir versuchen es. Aber höchste Sicherheitsstufe. Und wir treffen uns erst im Januar wieder."
Er ging hinein, um Rani und Kamila zu begrüßen und ihnen zu sagen, dass er gleich wieder weg musste.
„Wann dürfen wir wieder zu euch kommen?", fragte Rani.

„Vielleicht nächste Woche." Ich hasste es, sie zu belügen. Mutter hatte vor gehabt, die beiden zu Weihnachten einzuladen. Aber auch das würde wohl nicht mehr möglich sein.
Wir fuhren mit dem Bus zurück. Fady hatte für mich im Kinderdorf einen Hidschab organisiert. Nie hätte ich gedacht, dass ich dies Tuch mal freiwillig über meinen Kopf ziehen würde!
Wir wollen uns Ende Januar im Gewürzsuq treffen. Da ist immer so ein Gewühl, da kann uns kaum einer folgen. Außerdem kennt Fady dort jeden Winkel.
Ende Januar, das waren noch mehr als vier Wochen!
Eine Ewigkeit!
Und zwischendurch würde ich nicht mal wissen, ob es ihm gut geht. Fady war schließlich einverstanden, dass wir uns wenigstens ab und zu schreiben könnten, auch wenn er nicht wirklich begeistert von der Idee war.

„Du darfst nicht vergessen, dass wir in zwei verschiedenen Welten leben, die sich nicht miteinander verbinden lassen.Nicht heute und nicht morgen“, meinte er.
Qashto hat immer gesagt: „Glück ist eine Oase, die zu erreichen nur träumenden Kamelen gelingt.“
Als ich ihm das sagte, hat er gelacht und gemeint, wir könnten es versuchen.
Fady wusste auch genau, wo wir die Briefe verstecken könnten, ohne dass es auffiel. Es war der gleiche Ort, an dem Simon und er ihre Briefe und manchmal auch den USB-Stick versteckt hatten. Man kann es kaum glauben: Es ist bei uns in der Marienkirche. In einer Seitenkapelle gibt es eine Säule, bei der unten am Fuß ein Stück von einem Stein locker sitzt. Wenn man ihn herauszieht, kann man mit der Hand hinein fassen.
Keine Ahnung, wie Simon das entdeckt hatte. Aber er war früher Messdiener und hat viel Zeit in der Kirche verbracht. Das Versteck ist ideal, weil ich ohne Probleme jederzeit sagen kann, ich gehe zur Kirche. Und wenn nicht gerade Gottesdienste stattfinden, kann ich unbeobachtet etwas hineinstopfen und herausnehmen.

20.12.2014

Simon hätte einen Tannenbaum gewollt. Der Tannenbaum gehört einfach zu Weihnachten dazu. Und für Noah und die anderen Kinder wäre es schrecklich ohne. Auch für mich. Es ist ein bisschen wie immer. Und das braucht man manchmal.
Auf Geschenke können wir verzichten. Das, was wir uns wünschen, können alle Weihnachtsmänner der Welt

nicht erfüllen: Dass Simon lebt, dass du, Qashto, lebst, dass Mikhael und seine Schwestern leben, dass Großvater lebendig gefunden wird, dass Onkel Josef und seine Familie endlich aus dem Lager in der Türkei weiterfliehen können. Und wir alle wünschen uns, dass wir das nächste Jahr überstehen und in Frieden leben können.

22.12.2014

Der erste Brief von Fady. Ich klebe ihn in mein Tagebuch. Meine Briefe schreibe ich mit dem Laptop von Simon, drucke sie 2x aus, einer kommt in das Loch in der Säule, der andere ins Tagebuch neben die von Fady. So bleiben die Briefe schön nebeneinander.

Jarmuk, 20.12.2014

Liebe Talitha,
wenn du mich jetzt sehen könntest, würdest du mich nicht erkennen. Ich bin ein wandelnder Dschinn aus rotem Staub. Vor einer halben Stunde ist eine Fassbombe in unserer Straße explodiert. Zerstören konnte sie nichts mehr, denn es ist ja schon alles kaputt. Sie hat den Staub aufgewirbelt und durch die Fenster- und Türöffnungen geweht, die nur noch Löcher im Mauerwerk sind.
Mein Leben besteht aus rotem Staub, der sich in die Haare legt, in Nase und Mund kriecht und die Augen blind macht. Er trocknet die Lippen aus und macht sie rissig. Wenn ich dich jetzt küssen wollte, würde ich deine Lippen zerkratzen, was sehr schade wäre.
Wer diese Bombe geschickt hat, weiß ich nicht. Es gibt wie immer mehrere Möglichkeiten. Ist es die Freie Syri-

sche Armee, die uns Palästinenser zwingen will, bei ihnen mitzumachen? Sind es die Truppen von Assad, der unseren Stadtteil umstellt hat und alles bombardiert, weil er glaubt, wir alle sind Rebellen gegen seine Regierung?

Dabei wollen wir Palästinenser uns eigentlich nicht in den Bürgerkrieg einmischen. Die syrische Regierung hat uns mehr Rechte gegeben als irgendein anderer Staat. Dies ist nicht unser Krieg. Wir sind nur auf der Durchreise, bis wir zurückkönnen nach Palästina.

Gehört die Bombe den Kämpfern des Islamischen Staates oder Kämpfern der Freien Syrischen Armee? Oder ist sie vielleicht ein Irrläufer?

Es ist nicht wichtig. Das Ergebnis ist immer das Gleiche: Das, was einmal unser Stadtteil war, wird weiter zerstört und noch mehr Menschen werden sinnlos getötet. So wie mein kleiner Bruder, der auf dem Weg zur Schule war, als ihn die Splitter einer Granatbombe der Assad-Truppen trafen. Oder war es eine der Freien Syrischen Armee, die ihn in Stücke zerriss?

Für uns spielte das keine Rolle. Sie hat unser Leben zerstört. Murad war tot und meine Mutter wollte auch nicht mehr weiterleben.

Ich bin in Jarmuk geboren. Meine Großeltern sind 1948 aus Palästina hierhergekommen, als der Staat Israel gegründet wurde. Für sie und die anderen war kein Platz mehr, obwohl die Palästinenser dort seit Jahrhunderten lebten. In Syrien hat man sie aufgenommen, im Flüchtlingscamp Jarmuk. Im Laufe der Jahre ist daraus ein normaler Stadtteil geworden, in dem auch andere Syrer lebten.

Ich schreibe „lebten“, denn heute sind die meisten geflohen. Seit 2011 hier im Viertel der Aufstand gegen Assad begann. Meine Familie ist geblieben. Zwei meiner Brüder kämpfen inzwischen für die Freie Syrische Armee. Sie sind jetzt auch gegen die Regierung, nachdem Murad gestorben ist und man meinen Vater verhaftet hat, als er am Checkpoint Medikamente abholen wollte.
Ich lebe nun alleine mit meiner Mutter in unserem Haus, das zur Straße hin keine Wand mehr hat. Sie will dort nicht weg, will warten, bis mein Vater und meine Brüder zurückkommen.
Ich weiß nicht, ob sie jemals zurückkommen und wenn, ob wir dann noch leben. Immerhin hat Mutter erlaubt, dass ich Rani und Kamila in Sicherheit bringe.
Salem aleikum, Gott beschütze dich!
Fady

Damaskus, 22.12.2014

Lieber Fady,
ich weiß nicht, wie ich anfangen soll. Ich denke nie über mein Leben nach. Was soll ich dir beschreiben? Was erwartest du?
„Wir leben in einer Stadt, aber auf zwei verschiedenen Planeten“, hast du gesagt.
Ich glaube nicht, dass es so ist. Warum sagst du so etwas? Nur weil meine Eltern mehr Geld haben und wir in einem großen Haus leben? Solange wir uns verstehen, ist es doch egal, wo man herkommt. Du bist Muslim, ich bin Christin. Na und? Du bist Palästinenser, ich bin Syrerin. Was bedeutet das schon?

„Wir haben nichts gemeinsam!“, hast du gesagt. Woher willst du das wissen? Hast du schon vergessen, wo wir uns das erste Mal getroffen haben? Im Suq al Hamidiya in der Eisdiele Bakdash? Für Vanilleeis mit Pistazien würden wir alles tun, du und ich. Ich könnte nie mit jemandem zusammen sein, der Zitroneneis mag.
Einen Teil meiner Familie kennst du ja schon. Wenn ich alle meine Tanten und Onkel, Cousinen und Cousins aufzählen würde, käme ich nie zu einem Ende. Meine Eltern haben anfangs in Maalula gewohnt, ich bin dort auch geboren. Dort spricht man noch aramäisch, die Sprache von Jesus, arabisch habe ich nur mit meinem Vater gesprochen. Aber dann bekam mein Vater eine Anstellung im Krankenhaus von Damaskus und wir sind in das große Haus seiner Eltern im christlichen Stadtteil der Altstadt gezogen. Maalula aber ist immer mein Paradies geblieben. Heute sieht es dort so aus wie in deinem Jarmuk. Meine Großmutter ist tot, mein Großvater verschwunden.
Ich würde dich so gerne anrufen und dir sagen, wie sehr ich dich vermisse. Aber du hast mir deine Nummer nicht gegeben. Es sei zu gefährlich, hast du gesagt. Ich soll nicht weiter fragen.
Ich habe deinen Brief gelesen, die Folge ist: Ich habe nun Angst um dich. Jede Sekunde, jede Minute, jede Stunde. Jedes Mal, wenn ich jetzt den Knall einer Explosion höre und die schwarze Rauchsäule am Himmel sehe, zieht sich mein Bauch zusammen und ich bete, dass dir nichts passiert.
Vielleicht kannst du ja Weihnachten zu uns in die Kirche kommen. Ich singe ein Solostück und wir beten für den Frieden. As-salamu alaikum!

In den Straßen sieht man nicht so viele Lichterketten wie früher. Es ist auch nicht wichtig, ob es einen Weihnachtsmann mehr oder weniger gibt. Was zählt das schon? Es gibt doch nur einen Wunsch: endlich Frieden. Und das ist wohl der einzige Wunsch, der nicht erfüllt wird. Trotzdem werde ich dafür beten. Wie wir alle.
Vielleicht kann ich meine Eltern fragen, ob sie dich und deine Familie einladen. Zu Weihnachten haben wir immer viele Gäste. Nicht nur Christen. Viele Kollegen meiner Eltern sind Moslems.
Dein Brief hat mich traurig gemacht. Maalula war ein Alptraum für uns, aber du hast den Alptraum täglich. Und er wird nicht aufhören. Erst wenn alles zu Staub geworden ist. Warum gehst du zurück nach Jarmuk, Fady? Hast du keine Verwandten außerhalb? Dann wärst du in Sicherheit und wir könnten uns täglich sehen.
Aloho ahmuch! Das ist aramäisch und heißt: Möge Gott dich beschützen! Bis wir uns wiedersehen.
Talitha

Jarmuk, 24.12.2014

Wa aleikum as-salam, Talitha! Allahs Frieden sei auch mit dir!
Es liegt nicht in unserer Hand, wann und wo wir sterben. Und wenn es sein soll, dann passiert es auch dort, wo wir uns sicher fühlen. Darum sorge dich nicht um mich. Ich bin in Allahs Hand und was er mit mir vorhat, das wird geschehen.
Ich muss nach Jarmuk zurück, weil ich meine Mutter nicht alleine lassen kann. Ihr Herz ist zersprungen, als

Murat erschossen und mein Vater verhaftet wurde. Aber auch in ihrem Kopf ist sie nicht mehr klar. Sie redet mit Murat, als lebte er noch. Und auch mit meinem Vater. Sie lebt in ihrer eigenen Welt mit mir und mit den Gespenstern der Toten.
Manchmal, wenn sie zurückkommt in unsere Welt, für Momente nur, dann sagt sie, sie wartet, bis mein Vater zurückkommt und meine Brüder den bewaffneten Kampf aufgeben.
Und das werden sie nicht tun. Sie werden kämpfen bis Assad aufgibt und meinen Vater aus dem Gefängnis frei lässt. Ich glaube eher, mein Vater lebt nicht mehr. Keiner von unseren Verwandten und Bekannten, die von der Shabiha verhaftet wurden, ist jemals wiedergekommen.

Ich danke dir für deine Idee, uns zu Weihnachten einzuladen. Aber man kann nicht so einfach aus Jarmuk heraus spazieren und dann wieder hinein, so wie in andere Stadtteile. Die syrische Armee hat alles abgesperrt. Du musst einen Checkpoint passieren. Und dafür brauchst du eine Genehmigung.
Manchmal kommen internationale Organisationen an den Checkpoint und bringen Lebensmittel und Medikamente für uns. Sie dort abzuholen ist für uns gefährlich. Meinen Vater haben sie verhaftet, als er Medikamente holen wollte.
Mein Weg aus Jarmuk heraus führt durch zerschossene Häuser, über Dächer und durch Keller, durch Tunnel unter Straßen hindurch, bis ich auf der anderen Seite bin.
Ich verstehe, dass du traurig bist, weil wir nicht telefonieren können. Aber das ist nur zu deinem Schutz. Wenn

sie mich doch fangen, ist es besser für dich, sie finden in meinem Handy keinen Hinweis auf dich. Denk an Simon!
Außerdem gibt es nur noch an ganz wenigen Punkten in Jarmuk ein funktionierendes Handynetz. Für uns ist es nicht so wichtig, wir haben ja nicht mal ausreichend Wasser und Strom.
Aloho ahmach, Talitha!
Fady

Jarmuk, 25.12.2014

Du hast wunderschön gesungen! Wie ein Engel! Am besten hat mir das Ave Maria gefallen mit deinem Solo! Ich war das erste Mal in einer christlichen Kirche. Es war wie in einer anderen Welt und doch merkwürdig vertraut, vielleicht weil die Menschen beten so wie bei uns in der Moschee.

Nur die Wolken aus Weihrauch waren ein bisschen zu viel.
Hast du mich gesehen? Ich habe mich durch die Menschen nach vorne gedrängt.
Ich war sehr glücklich und hätte gerne noch mit dir gesprochen, aber ein träumendes Kamel, das in Jarmuk wohnt, muss vorsichtig bleiben. Es war besser so.
Salem aleikum!
Fady

31.12.2014

Lieber Fady!
Aleikum salem – Auch mit dir sei der Frieden!
Schade, dass ich dich am 25.12. in der Kirche nicht gese-

hen habe! Ich hatte ja keine Ahnung, dass du kommen würdest.
Wir haben die vertrauten Lieder gesungen, die Krippe war da, der Tannenbaum, die Lichter. Unser Chor hat von Jesu Geburt gesungen, aber in unseren Herzen wohnte der Tod und unsere Gesichter waren nass von Tränen.

Zu Hause saßen wir zusammen. Es gab schöne Momente. Wir haben auch gelacht. Noah und die anderen Kinder haben gespielt, als ob es Simons Tod nicht gegeben hätte. Und das ist gut.
Und wir haben von früher geredet, als alles noch in Ordnung war, als Simon bei uns war. Für einige Minuten gelang es uns, ihn in der Gegenwart lebendig zu machen. So wie wir es mit Qashto machen. Aber es ist nur eine wunderschöne Illusion. Und wenn sie zerfällt, ist man trauriger als vorher. Nun hängt Simons Bild neben ihrem und dem von Mikhael und seinen Schwestern.
Es dauerte nicht lange bis wir wieder bei dem waren, was uns eigentlich beschäftigte: Granaten, Autobomben, Tote, Trauer, Angst.
Wird es irgendwann Frieden geben?
Damit nicht noch mehr Menschen sterben müssen?
Für Simon und meine Großmutter und all die anderen, die Zehntausende, die bereits gestorben sind, kommt der Frieden zu spät. Wenn ihr Tod wenigstens einen Sinn hätte. Wenn er zum Frieden führte, aber das tut er nicht. Er führt nur zu neuem Hass.
Ich bete jeden Tag, dass Gott dich beschützt.
Talitha

1.1.2015

Lieber Fady,
ich weiß nicht, ob du irgendwo die Nachrichten im Fernsehen sehen kannst. Wahrscheinlich eher nicht. Gestern an Sylvester haben sie Bilder vom Präsidenten gezeigt. Er hat im Osten von Damaskus kämpfende Soldaten besucht. In seiner Rede hat er gesagt, dass die größte Hoffnung des syrischen Volkes für das Jahr 2015 ein Sieg der Regierungstruppen sei.
Der Mann hat echt keine Ahnung, was sein Volk fühlt und denkt. In seinem Namen wird doch genauso gemordet wie im Namen der anderen.
Wir brauchen einen ganz neuen Anfang, sagt Großvater. Mit einer Regierung, an deren Händen nicht das Blut von unschuldigen Menschen klebt. Aber er weiß auch nicht, wo man die finden soll.
Das ist das Schlimme, weil es keine Hoffnung gibt.
Gott behüte dich, Fady!
Talitha

6.1.2015

Lieber Fady,
Gestern hat uns mein Cousin Rafi verlassen. Wir waren alle furchtbar traurig, weil wir nicht wissen, ob es ein Abschied für immer ist. Er wird in einem halben Jahr 25 und wird in einigen Wochen seinen Bescheid bekommen, dass er zum Militär muss. Er sagte, er würde lieber im Gefängnis sterben, als für Assad zu kämpfen.
Seine Flucht war schon lange geplant. Die Familie hat Geld zusammengelegt. Er hat sich nicht getraut, einen Reisepass

zu beantragen, weil man sofort gewusst hätte, dass er vor dem Militärdienst fliehen will. Also musste er es so versuchen. Vielleicht übers Mittelmeer von Zypern nach Italien.

Niemand weiß, wie lange es dauern wird.

Onkel Josef sitzt seit einem Jahr in der Türkei in einem Lager. Ich habe Bilder gesehen. Es ist eine riesige Zeltstadt. Wann sie da rauskommen, weiß niemand. Onkel Josef hat kein Geld mehr und ohne Geld gibt es keine Schlepper. Im Lager kann er auch kein Geld verdienen. Und wir können ihm nichts schicken, weil es keine Bank gibt, wo er das Geld abholen könnte.

Aber wenigstens werden sie dort nicht mehr bombardiert.

Ich weiß nicht, ob wir auch gehen werden. Aber ich glaube es nicht. Mutter will Simons Grab nicht verlassen. Und ich will auch nicht weg. Hier ist unsere Heimat. Wohin sollen wir gehen? Nach Paris, das wäre gut. Wir können immerhin Französisch.

Aber eigentlich wollen wir ja gar nicht weg. Zum Studium für ein paar Jahre, aber nicht für immer.

Wir waren eine große Familie, nun geht mein altes Leben Stück für Stück kaputt. Jeden Tag ein bisschen mehr. Aber wir geben nicht auf. Irgendwann werden sie aufhören zu schießen. Und bis dahin bete ich, dass es keine weiteren Toten gibt.

Aloho ahmuch, Fady. Gott behüte dich!

Talitha

10.1.2015

Es schneit. Wir haben Schneemänner im Innenhof gebaut. Unser Leben spielt sich nach der Schule meist im

Innenhof ab. Hier ist es am sichersten. Mutter spielt verrückt, wenn ich wie früher alleine irgendwo hingehen will. Selbst zur Kirche muss mich immer jemand begleiten.
Zum Glück spielt Zarah mit. Sie kennt auch das Versteck in der Säule und findet das alles sehr romantisch. Ich könnte auf diese Art Romantik gut verzichten. Tante Hannah wundert sich schon, dass wir so oft zur Kirche gehen.
Ich zähle die Tage bis ich Fady wiedersehe.
Von Fady sind keine Briefe mehr gekommen. Hoffentlich ist ihm nichts passiert.
Auch auf den Straßen sind fröhliche Menschen. Selbst die kaputten Häuser sehen mit ihrer Schneemütze nicht ganz so traurig aus. Nur die Autofahrer wie meine Mutter schimpfen. Es dauert alles noch länger.
Schneeballwerfen auf dem Schulhof ist verboten. Leider!

Vor den Kirchen und Moscheen wird Essen ausgegeben. Meistens Hammelbrei, weil das nahrhaft ist und satt macht. In Dosen holen sie das Essen ab, meist Kinder, weil sich die Eltern schämen. Es sind viele Flüchtlinge darunter.

Ich hasse Hammelbrei, aber ich helfe Mutter und Großmutter und Tante Hannah einmal in der Woche beim Austeilen.

11.1.2015

Heute habe ich wieder einmal lange mit Ayasha telefoniert. Aber es ist nicht so wie früher. Ich glaube auch nicht, dass ich auf meine alte Schule zurückgehen kann. Und darum ist es besser, nicht zu viel von diesem Leben, das nichts mehr mit meinem zu tun hat, zu hören.

12.1.2015

Rafi hat geschrieben. Er ist in Beirut im Hotel und wartet auf eine Nachricht vom Schlepper. Tante Hannah ist sehr unglücklich. Sie weint viel.

Die Abende zu Hause sind lang. Wir verlassen das Haus nur noch, wenn wir zur Schule fahren oder in die Kirche gehen. Zum Einkaufen, auch wenn es nur drei Straßen weiter ist, dürfen wir nur in Begleitung und nach Möglichkeit gar nicht. Ich fühle mich wie im Gefängnis!!

Mutter dreht total durch, wenn ich mich mal um eine halbe Stunde verspäte. Noah darf gar nicht mehr raus, um mit seinen Freunden zu spielen. Sie kommen jetzt zu uns. Aber der Innenhof ist natürlich zu klein zum Fußballspielen. Als der erste Porzellanblumentopf von Großmutter in Scherben geschossen wurde, hat sie den Fußball einkassiert.

Erst wenn abends alle wieder zu Hause in Sicherheit sind, wird Mutter ein wenig entspannter.

Dabei gibt es diese Sicherheit gar nicht mehr. Niemand weiß, wo die nächste Granate einschlägt, die nächste Tunnelbombe explodiert. Es kann jeden jederzeit überall treffen. Auch zu Hause. Und da ist es auch egal, wer sie abgeschossen hat.

Wir müssen lernen, mit der Angst zu leben.

Ich weiß nicht, wann ich Fady wiedersehen kann.

18.1.2015

Ich werde ihn treffen! In drei Tagen!!

In der Moschee.

Seine Nachricht war nur kurz: 22.1. 16:00, Umayyaden-Moschee.

Schon seit Wochen überlege ich, wie ich ihn treffen kann, ohne dass man mich verfolgt. Mutter meint, seit Simons Tod würde unser Haus beobachtet. Es stünden ab und zu merkwürdige Gestalten auf der Straße.
Vielleicht bildet sie sich das nur ein. Wir alle leiden unter Verfolgungswahn seit die Polizei unser Haus gestürmt hat.
Aber Vorsicht ist besser.

19.1.2015

Jetzt weiß ich, wie ich mich heimlich davonmachen kann. Ich gehe in unsere Kirche hinein und auf der anderen Seite durch eine kleine Seitentür, die in ein anderes Haus führt, wieder hinaus. Der Schlüssel zu der Tür hängt an Mutters Schlüsselbund. Sie spielt Orgel in der Kirche und hat einen Generalschlüssel. Von dem anderen Haus aus sind es nur wenige Meter bis zur Bushaltestelle. Auf dem gleichen Weg könnte ich zurückkommen.
Aber ich brauche jemanden, der mit mir zur Kirche geht und dann dort bleibt, bis ich zurückkomme. Ich muss Zarah fragen. Sie ist die Einzige, die mitspielen würde.

20.1.2015

Es war nicht einfach. Dass ich Fady heimlich treffen will, findet selbst Zarah zu extrem. Aber als ich ihr die Fotos von Fady auf Simons Laptop gezeigt habe, war sie genau so entsetzt wie ich. Sie wird mir helfen. Und bei ihr ist mein Geheimnis sicher.
Zarah will in den drei Stunden, wenn ich weg bin, beim Kochen des Hammelbreis helfen. Irgendetwas müssen

wir ja zu Hause sagen, und wenn wir Glück haben, fällt niemandem auf, dass ich nicht dabei bin. Zarah hasst Hammelbrei und ich liebe sie, weil sie das für mich tut.

21.1.2015

Ich hatte wieder den Hidschab übergezogen. Sicher war sicher und in der Moschee musste ich so oder so ein Kopftuch tragen. Ich war schon eine halbe Stunde vor unserem Treffpunkt dort.

Vater ist hier früher öfter mit uns hingegangen. Diese Moschee ist ein Ort, wo sich Christen und Muslime gemeinsam aufhalten können. In Frieden und nebeneinander. Ursprünglich stand hier ein Tempel für den aramäischen Gott Hadad, dann einer für Jupiter. Im 4. Jahrhundert wurde daraus eine christliche Kirche. Und als die Muslime sie im 7. Jahrhundert eroberten, wurde anfangs nur eine der Hallen in eine Moschee umgewandelt. Die andere durften die Christen weiter benutzen. Das ist heute nicht mehr so.

Ich bin froh, dass Fady diesen Ort für ein Treffen ausgesucht hat. Es ist ein Ort der Hoffnung und davon gibt es nicht mehr viele bei uns.

Aber er hat nicht gesagt, wo genau wir uns treffen. Die Moschee ist groß. Am Reinigungsbrunnen im Vorhof wohl eher nicht. Irgendwo in der großen Gebetshalle.

Es gibt hier zwei Bereiche, die für Christen und Muslime gleichermaßen wichtig sind. Früher liefen hier auch viele Touristen herum, früher, bevor der Krieg sie alle vertrieben hat. Der eine Ort ist das „Jesus-Minarett" im Osten der Kirche. Hier soll am Ende der Welt Jesus erscheinen.

Der andere Ort ist ein riesiger Schrein, in dem Kopfknochen aufbewahrt werden, die von Johannes, dem Täufer, stammen sollen. Auf den Gebetsteppichen rings um den Schrein sitzen und stehen immer viele Menschen, Frauen und Männer, Christen und Muslime. Vor vierzehn Jahren war sogar Papst Johannes Paul II. hier, als erster Papst in einer Moschee.
Hier in dieser Moschee scheint der Frieden auch heute noch möglich, trotz der vielen Toten.
Und hier traf ich auch Fady.
Am liebsten wäre ich ihm um den Hals gefallen. Das ging leider nicht, auch wenn Tante Hannah nicht dabei war. So haben wir uns nur angelächelt.
Er sah müde aus. Es hatte in seiner Nachbarschaft wieder Einschläge von Granaten gegeben. Er hat die ganze Nacht geholfen, Verletzte aus den Trümmern ihrer Häuser zu holen.
Gott sei Dank ist ihm nichts passiert.
Wir werden uns nun jeden Donnerstag treffen. Immer an einem anderen Ort. Nächsten Donnerstag im Suq bei den Gewürzen.
Er hat mir einen Stick gegeben mit neuen Bildern aus Jarmuk. Ich werde sie in den nächsten Tagen vom Schulcomputer aus an die Zeitungen im Ausland schicken. Die Adressen habe ich im Laptop von Simon gefunden.
Bei uns im Haus gibt es keine Computer mehr. Abgesehen von Simons Laptop. Aber davon wissen nur Zarah und ich. Großvater hat verboten, neue anzuschaffen. Internet hat er vorsichtshalber ganz abgemeldet.

„Wir verhalten uns ruhig. Wir haben uns immer ruhig verhalten." Er hat alle Familienmitglieder zusammengerufen. „Assad ist der Horror. Aber was nach ihm kommt wird die Hölle. Und wenn wir uns ruhig verhalten, kann nichts passieren."

„Außer uns trifft eine Granate oder Autobombe oder ein Scharfschütze auf dem Dach verwechselt uns mit einem Terroristen." Ich war selber erschrocken über meine Worte. Aber ich war so sauer. Natürlich hatte ich auch Angst. Aber wir konnten doch jetzt nicht so tun, als ob Simon bei einem Verkehrsunfall ums Leben gekommen wäre.

Der Rest der Familie hatte offenbar genau das vor.

„Ich will nicht noch einen von euch verlieren!", sagte Mutter.

Ich auch nicht. Aber das würden wir nicht verhindern können, wenn wir uns jetzt alle im Haus verkrochen. Ich jedenfalls hatte das nicht vor. Ich würde da weitermachen, wo Simon aufgehört hat.

27.1.2015

Großmutter und Tante Hannah wollen, dass Zarah und ich kochen lernen. Mutter ist das egal, so wie ihr seit Simons Tod alles egal ist.

„Ich muss für die Schule lernen!" Das Argument zog eigentlich immer. Auch Zarah war nicht begeistert.

„Kochen lernen ist genauso wichtig wie die Schule", meinte Tante Hannah. „Du bist schon fünfzehn und kannst noch nicht mal Baklava machen. Männer essen nun mal gerne und süß. Und damit du ihr Herz erobern kannst, musst du das Kochen lernen."

Ich denke mal, Fady ist es egal, ob ich kochen kann oder nicht. Für ihn ist es im Moment wichtiger, dass ich mit dem Computer umgehen kann.
Aber das kann ich ja schlecht Tante Hannah sagen. Also schweige ich, tue das, was sie verlangen und denke an Fady. Am liebsten putze ich Gemüse. Das kann ich im Innenhof am Brunnen machen und dabei meine Gedanken auf Reisen schicken.

28.1.2015

Wir waren im Suq und hinterher Vanilleeis mit Pistazien essen! Ein kleines Stück vom Paradies, um das ich einen Zaun aus Lügen flechten muss. Heute musste ich sogar den Chor schwänzen, weil Fady sich verspätet hat. Hoffentlich trifft Mutter nicht heute Abend unsere Chorleiterin.
Zarah ist ein Schatz. Sie ist noch besser im Lügen als ich. „Es sind ja nur Notlügen!", sagt sie. „Wir tun es für eine gute Sache."
Jedes Mal, wenn Fady geht, habe ich Angst um ihn.

4.2.2015

Er ist nicht gekommen. Es war auch kein Brief von ihm in der Säule.
Was ist passiert?

7.2.2015

Jeden Tag gehen Zarah und ich direkt von der Schule bei der Kirche vorbei, um nach einem Brief zu sehen. Einmal wären wir beinahe Mutter in die Arme gelaufen. Sie verbringt viele Stunden am Tag in der Kirche. Manchmal habe ich Angst, dass sie genau wie Fadys Mutter nach dem Tod von ihrem Sohn verrückt vor Trauer wird. Keine Nachricht von Fady.

8.2.2015

Von Fady keine Nachricht!

9.2.2015

Ich zähle die Stunden bis zum nächsten Treffen. Falls er kommt. Ich mache mir Sorgen!
Wenn er keine Nachricht schickt, werde ich am Kinderdorf auf ihn warten. Dorthin kommt er donnerstags immer, bevor wir uns treffen. Und wenn nicht, wissen sie dort vielleicht, was passiert ist.

10.2.2015

Noch ein Tag!
Wenn ich mit Tante Hannah und Zarah in den Suq zum Einkaufen gehe, hoffe ich jedes Mal, Fady zu sehen. Er sagt, manchmal ist er auch mehrmals pro Woche in Damaskus. Das kann er nie vorher sagen.
Tante Hannah ist verwundert, warum ich auf einmal so wild danach bin, ihr beim Einkaufen zu helfen. Zarah findet das sehr lustig.
Aber ich gehe schon immer gerne auf den Al-Hal-Basar. Souvenirs, Schmuck, Gewürze und Lebensmittel, Teppiche, Taschen und Gürtel aus Leder, Kleidung. Es gibt nichts, was man dort nicht findet. Es ist eine kunterbunte Mischung aus allem. Alle Türen stehen auf und es gibt Innenhöfe mit Cafés und Restaurants. Und dann

der Duft. Wie in Großmutters Vorratskammer, nur noch stärker.
Obwohl doch seit vier Jahren Krieg ist, auf dem Basar merkt man das nicht. Man bekommt nach wie vor Gemüse und Obst aus allen Teilen des Landes, selbst wenn die Laster durch Gebiete fahren, die von der IS kontrolliert werden. Nur an den hohen Preisen merkt man es. Viele können sich Gemüse aus Aleppo oder Ar-Raqqa nicht mehr leisten.
Uns geht es noch gut! Und hier auf dem Basar kann man den Krieg vergessen – ein wenig.

11.2.2015

Er war da!!!
Ich habe ihn am Kinderdorf getroffen. Er hat sich so gefreut, mich zu sehen! Seine Mutter war krank geworden, er musste bei ihr bleiben. Daher hatte er keine Briefe in unserer Säule versteckt. Diesmal haben wir Rana und Kamila mitgenommen. Auch sie hatten in der letzten Woche vergeblich auf ihn gewartet. Wir sind mit ihnen Eis essen gefahren.

12.2.2015

Wie jeden Freitag habe ich die neuen Bilder abgeschickt. Manchmal durchsuche ich die französischen und englischen Zeitungen nach Bildern von Fady. Und heute habe ich eins gefunden. Auf der Titelseite. Spielende Kinder auf grauen Trümmerbergen, im Hintergrund vermummte schwer bewaffnete Milizen.
Ob diese Kinder jetzt in diesem Moment noch leben?

Ob Fadys Bilder etwas bewirken, weiß ich nicht. Ich weiß nur, dass jemand das Sterben festhalten muss. Er muss dem Tod Gesichter geben. Gesichter kann man nicht vergessen. Zahlen schon.
Ich gewöhne mich daran, dass es gefährlich ist, was ich mache und dass macht Fady Angst. Er warnt mich ständig, ich soll nicht leichtsinnig werden wie Simon, vor allem nicht in der Schule, wenn ich sende. Und ich soll immer alle Spuren löschen, soweit das geht.
Das Leben geht weiter, Simon. Auch ohne dich, irgendwie. Du fehlst uns so sehr! Aber wenn ich vor dem Computer sitze und auf „senden" klicke, dann spüre ich deine Nähe.

15.2.2015

Lernen, lernen, lernen. Manchmal haben sich die Lehrer gegen uns verschworen und schreiben ihre Klausuren alle zur selben Zeit. Als hätten wir kein Privatleben. Zarah und ich sitzen, sobald wir nach Hause kommen, im Zimmer und lernen. Abendessen und wieder lernen. Selbst zum Träumen ist keine Zeit.

18.2.2015

Diesmal haben wir uns im Suq getroffen. Fast immer enden wir in der Eisdiele bei Vanilleeis mit Pistazien. Drei gestohlene Stunden, aber für sie lebe ich. Drei Stunden Paradies.
Zarah hatte eine bessere Idee, wie ich Fady treffen kann, ohne dass sie immer Hammelbrei kochen muss.
Ich habe nun einen Medienkurs erfunden, den ich don-

nerstags angeblich für andere Schüler gebe. So kann ich von der Schule aus direkt zum Treffpunkt gehen und dann nach Hause.
Ich hasse es, Mutter zu belügen.

5.3.2015

Im Koran steht nicht, dass die Islamisten Zivilisten töten dürfen. Das haben wir heute im Islamunterricht gelernt. Daria meinte, wenn man sich im Heiligen Krieg gegen Ungläubige befindet, dann schon.
Damit hat sie sich sehr unbeliebt gemacht. Auch bei Frau Ramadan. Sie sagt, dass Allah grundsätzlich das Töten verbietet. In der 5.Sure, Vers 32 aus dem Koran steht: „Wenn jemand einen anderen Menschen tötet, ohne dass dieser einen Mord begangen oder auf der Erde Unheil angerichtet hat, so ist es, als hätte er die ganze Menschheit getötet."
Die Scharia sieht das Töten in besonderen Fällen vor, aber nur nach einem Gerichtsverfahren.
Daria hat gesagt, dass Allah befohlen hat, für ihn gegen die Ungläubigen zu kämpfen. „Und tötet, wo immer ihr auf sie stoßt, und vertreibt sie, von wo sie euch vertrieben haben. Sure 2: 190–191."
Frau Ramadan war ziemlich sauer, weil Daria einen Satz ausgelassen hat. Und das ganz sicher mit Absicht, denn sie hat den ganzen Koran verschluckt. In dem Vers heißt es nämlich auch noch: „Aber überschreitet die Grenzen nicht, denn Allah liebt diejenigen nicht, die aggressiv handeln."
Es ist keine Erlaubnis, wahllos Ungläubige zu erschlagen, wie die Islamisten vom IS das machen. Man darf nur zur

Verteidigung töten, wenn die anderen die Muslime vertreiben. Und Frauen und Kinder darf man schon mal gar nicht töten. Alte und Schwache auch nicht, sagt Frau Ramadan. Und die kennt den Koran noch besser als Daria.
Nun müssen wir alle ein Protokoll der Stunde schreiben, was die Beliebtheit von Daria auch nicht gesteigert hat. Frau Ramadan sagte, niemand soll aus ihrem Unterricht gehen, ohne zu verstehen, dass die Milizen des IS nicht im Namen Allahs handeln, im Gegenteil seinen Namen beschmutzen. Das finde ich sehr mutig von ihr. Aber sie wird wohl flüchten müssen wie wir alle, falls der IS Damaskus erobert.

15.3.2015

Mit Simon starb auch der Traum jemals wieder auf meine alte Schule zu gehen. Mutter wird nie eine neue Arbeit finden. Und wenn doch, wird sie nicht in der Lage sein zu arbeiten. Sie liegt oft stundenlang in ihrem Bett und schaut an die Decke.
Vater stürzt sich in die Arbeit im Krankenhaus. Er kommt immer später nach Hause und geht dann meistens sofort schlafen.
Noah hat nachts oft Alpträume. Er wacht dann schreiend auf, selbst Mutter kann ihn kaum beruhigen. In der Schule kann er sich nur schlecht konzentrieren. Er sitzt an seinem Tisch und malt Autos, die explodieren, Beine, Arme und Köpfe, die durch die Luft fliegen und alles färbt er blutrot ein.
Jeder trauert auf seine Weise.
Wenn ich Fadys Fotos versende, dann spüre ich, dass Simon bei mir ist und sich freut, dass ich an seiner Stelle

weitermache. Aber ich werde vorsichtiger sein als du, Simon. Sie werden mich nicht erwischen.
Großvater versucht vergeblich, neue Märchennachmittage mit Samir zu veranstalten. Im Moment haben wir alle keine Kraft, um auf den fliegenden Teppich aufzuspringen.

20.3.2015

Überall sieht man nun Schlangen von Menschen, die sich eine Mahlzeit abholen wollen. Nicht nur vor den Kirchen. Es sind viele alte Menschen darunter, die mit Töpfen und Plastikeimern anstehen. Auch Frauen mit Kindern.
Ich helfe Mutter und Tante Hannah beim Verteilen vor unserer Kirche.

30.3.2015

Der IS erobert immer mehr Straßen in Jarmuk. Ich habe große Angst um Fady. Er hat mir versprochen, dass er versuchen wird, mit seiner Mutter aus Jarmuk zu fliehen. Es macht keinen Sinn mehr zu warten. Nachher sind alle tot.

Auf dem Laptop von Simon, den ich bei mir im Zimmer verstecke, habe ich mir die Bilder von Fadys Stick angesehen. Bei jedem einzelnen Bild weiß ich, warum ich das mache.
Die Gesichter der Menschen sind grau von Staub. Ihre Lippen aufgerissen und blutig. Die Hände geschwollen, aufgerissen, blutig, manchmal mit dreckigen Lappen umwickelt. Mit den Händen haben sie nach einem Granateneinschlag unter den Trümmern ihrer Häuser nach Verletzten und Toten gesucht.

Ihre Augen sind tot und ohne Hoffnung.
Und dann die Kinder. Sie sehen traurig aus. Ein kleines Mädchen wie eine alte Frau, als hätte sie das Leben schon hinter sich.
Dazu hat Fady geschrieben, dass die Menschen alles essen, was sie in den Trümmern finden. Auf den Märkten gibt es nichts mehr außer einigen Gewürzen. Sie essen Wurzeln, Kaktusblätter, Unkraut, auch Katzen und Hunde, die herumlaufen. Bei der Suche nach Nahrung werden sie oft von den Scharfschützen der Regierung beschossen. Sie trinken die Milch von Hunden und kochen sich mit ein paar Gewürzen eine Wasserbrühe. Über 100 Menschen sind schon verhungert. Manche vergiften sich, wenn sie Pflanzen essen, die nicht essbar sind.

5.4.2015

Fady war da, aber nur kurz. Der IS rückt in Jarmuk weiter vor. Er wollte mir Fotos bringen und dann sofort zurück. Er hat mir versprochen, dass er mit seiner Mutter Jarmuk verlässt.
Ich habe Angst.
Gott beschütze dich, Fady!

9.4.2015

Die IS-Miliz besetzt Jarmuk. Die Regierung bombardiert den Stadtteil pausenlos. Sie haben es in den Nachrichten gebracht. Es sollen noch 18.000 Bewohner dort leben. Zwei davon sind Fady und seine Mutter.
Vielleicht sind sie geflohen. Hoffentlich.
Es ist keine Nachricht in der Säule.

Ich bin verrückt vor Sorge.
Bestimmt ist er tot.
Sonst hätte er sich sicher gemeldet. Er weiß doch, dass ich mir Sorgen mache!

15.4.2015

Ich habe ihn verpasst!!!
Und nun ist er weg!!!
Vielleicht für immer!!!
Ich habe seinen Brief gefunden und den USB-Stick mit Bildern von der Eroberung Jarmuks durch die IS-Milizen. Seine beiden Brüder sind bei dem Angriff gestorben. Er ist mit seiner Mutter geflohen, holt Rani und Kamila ab und dann wollen sie weiter. Wohin weiß er noch nicht.

Er hat ein Treffen in der Moschee vorgeschlagen. Heute Morgen sollte ich ihn treffen.
Wann hat er den Brief in der Säule versteckt? Gestern Nachmittag, als ich nachgesehen habe, war noch keiner da. Er muss nach mir gekommen sein. Noch nie hat er so kurzfristig ein Treffen vorgeschlagen. Er muss sehr in Eile gewesen sein.
Wann werde ich dich wiedersehen, Fady?

20.4.2015

Ostern ... Auferstehung der Toten. Das ist unsere Hoffnung. Für Simon, Qashto, Cousin Mikhael und alle anderen Toten in unserer Familie. Mutter geht jeden Tag in die Kirche. Hier ist die Hoffnung am nächsten. Es sind die vertrauten Worte des Priesters. Im Gottesdienst hat sich nichts geändert. Er ist nun unsere letzte Zuflucht.

Ich bin überhaupt nicht in Osterstimmung. In mir ist alles dunkel.
Fady, wo bist du?
Der Weihrauch steigt in dichten Schwaden an die Decke der Kirche und mit ihm meine Sehnsucht und meine Angst.

21.4.2015

Es wird gekocht und gebacken. Freunde und Bekannte kommen zu Besuch. Ich habe kaum Zeit, um nachzudenken. Und das ist gut so.

15.5.2015

Heute schreibe ich wieder. Mutter sagt, ich soll alles aufschreiben. Vater meint, er würde mich gerne ins Krankenhaus zu einer Psychologin schicken, aber das geht nicht. Wenn ich ihr erzähle, was ich erlebt habe, dann werden noch mehr Menschen verhaftet und mich werden sie erschießen. Denn es gibt keine Garantie, dass die Psychologin meine Geschichte nicht an den Geheimdienst weitergibt.
Es fällt mir schwer, alles aufzuschreiben. Ich muss den ganzen Alptraum noch einmal durchleben. Aber darüber sprechen, kann ich gar nicht. Ich habe es versucht. Aber jedes Mal muss ich würgen. Schreiben fällt mir leichter. Und Vater sagt, danach werde ich mich besser fühlen.
Es geschah am 22.April.
Ich hatte eine Freistunde und wollte nun endlich die Fotos von Fadys letztem Stick nach Paris schicken. Ich saß vor dem Computer und war fast fertig.

Das letzte Bild war besonders schlimm. An einem Checkpoint der Regierung, die Jarmuk abgeriegelt hatte, wollten die Menschen in die Sicherheit auf der anderen Seite wechseln. Fady hatte ihre Gesichter in Großaufnahme aufgenommen. Gesichter, die grau waren von Staub und Müdigkeit.
Aber man schickte sie zurück. Zurück in den Horror der IS-Milizen. Die Regierungssoldaten hatten Anweisung, niemanden durchzulassen und sie hielten sich an ihre Befehle. Wer weiß, wie viele dieser Menschen jetzt noch leben. Dies Bild würde alle schockieren. Aber ob nun, wie Fady hoffte, der Westen so viel Druck auf Assad ausüben würde, dass sich etwas änderte, dass eine andere Regierung kommt und der Krieg beendet wird, weiß ich nicht. Es ist alles so kompliziert, dass ich manchmal denke, erst wenn alle tot sind, hört das Schießen auf.
Sie standen auf einmal hinter mir. Ich hatte sie nicht kommen hören. Sie waren zu zweit. Sahen nicht wie Polizisten aus.
Einer zerrte mich vom Stuhl und stieß mich zu Boden. Der andere schaute auf den Bildschirm, stieß einen Fluch aus, drehte sich um und schlug mir mit der flachen Hand ins Gesicht. Meine Lippe platzte auf, es tat höllisch weh, dachte ich.
Aber da wusste ich noch nicht, was „höllisch weh tun" wirklich heißt. Das Blut tropfte auf mein pinkfarbenes T-Shirt.
Ich wurde hochgerissen und aus dem Raum gezerrt.
In den Gängen war es totenstill.
Niemand zeigte sich.

Kein Lehrer, kein Schüler.
Niemand, der mir half.
Selbst unsere Direktorin, die immer sagte, man muss mutig sein und für andere einstehen, hatte sich verkrochen.
Ich war ihr nicht einmal böse. Meine Familie hat sich ja auch immer rausgehalten.
In meinem Kopf war alles leer. Ich stolperte hinter ihnen her aus dem Tor heraus. Wenn mich der eine nicht am Arm gehalten hätte, wäre ich gefallen. „Reiß dich zusammen!“, schrie er mich an und drückte meinen Arm so fest, dass ich aufschrie. Er lachte und drückte noch fester. „Spar dir das Schreien für später auf. Das ist erst das Vorspiel.“
Auf der Straße lief der Verkehr weiter, so als würde niemand sehen, was mit mir passierte. Ich bin sicher, jeder, der vorbeifuhr, sah es und verstand es. Aber sie schauten weg aus Angst, es könnte auch sie treffen.
Sie stießen mich auf den Rücksitz eines Autos, das vor dem Tor parkte. Dann wurde mir ein schwarzes Tuch vor die Augen gebunden. Es stank ganz fürchterlich nach Schweiß und nach ... Angst.
Wie vielen vor mir haben sie damit die Augen verbunden?

Ich versuchte es abzuschütteln, fing an zu würgen.
„Wenn du ins Auto kotzt, erschieße ich dich!“, schrie mich einer der beiden an.
Wir fuhren los.
Ich war blind und verrückt vor Angst.
Ich habe gewusst, dass es gefährlich war. Fady hatte mir oft genug gesagt, dass ich vorsichtig sein muss. Und das

war ich doch auch. Irgendjemand muss es trotzdem herausgefunden haben.
Aber wer?
An den Tagen, an denen ich senden wollte und den Stick mit in die Schule gebracht hatte, war er immer in meiner Jackentasche. Außerdem habe ich meine Spuren im Internet gelöscht, soweit man das kann. Und in der Medien AG ist niemand so schlau, dass er gelöschte Dateien wiederfinden kann.
Ein Lehrer?
Wahrscheinlich stand ich auf einer roten Liste. Vater meinte, wir würden alle beobachtet. Aber in der Schule? Hatte die Partei hier auch ihre Spitzel? Wahrscheinlich. Ich hatte die Gefahr immer nur auf der Straße vermutet.

Aber wer?

Das Auto hielt irgendwo, irgendwann. Ich hatte jedes Gefühl für Zeit und Raum verloren.
Sie zerrten mich aus dem Auto, ich stolperte, fiel hin. Sie zogen mich hoch, schleiften mich über den Boden, eine Treppe hoch. Meine Knie schlugen an die Stufen.
Ich schrie. Ein Fußtritt.
Dann wurde ich auf einen Stuhl gesetzt. Die Augenbinde nahmen sie mir nicht ab.
Ich hatte Angst.
Horchte in die Dunkelheit.
Irgendwo in der Nähe hörte ich Schreie, furchtbare Schreie, wie ich sie noch nie gehört hatte, dann Totenstille.
Ich merkte, wie aus meiner Blase der Urin herauslief, warm an meinen Beinen entlang.

Ich schämte mich.
Dann hörte ich Schritte, die Tür öffnete sich. Stille, obwohl ich spürte, dass jemand im Raum war.
Dann lachte jemand. Eine Stimme sagte: „Hast du in die Hose gemacht? Tja, das machen alle hier. Die einen früher, die anderen später."
Er nahm mir die Binde ab.
Ich blinzelte, obwohl der Raum halbdunkel war. Der Raum war leer, bis auf den Stuhl, auf dem ich saß. Der Mann war groß und kräftig, von seinem rechten Oberarm schaute mir das Gesicht von Assad als Tattoo entgegen.
„Erst dein Bruder, dann du! Gibt es noch mehr Verräter in deiner Familie?", schrie er mich plötzlich an.
Ich schwieg.
Er schlug mir ins Gesicht, so heftig, dass ich mit dem Stuhl umstürzte. Meine Lippe, die gerade aufgehört hatte zu bluten, platzte wieder auf. Blut schoss mir aus der Nase.
„Los aufstehen!"
Alles tat weh. Ich kniete, dann versuchte ich aufzustehen.
„Los schneller!!" Er trat mit dem Fuß nach mir und ich fiel wieder hin.
Er stand vor mir, kam ganz nah an mich heran. „Was fällt dir eigentlich ein? Los, heb den Stuhl auf. Schneller!!"

Er drückte mich auf den Stuhl. „Und nun hör mir mal genau zu. Wenn ich eine Frage stelle, erwarte ich, dass du antwortest. Verstanden?" Das letze Wort brüllte er mir ins Ohr, sodass ich automatisch einen Schritt zurückging.
Ich nickte.

Er schlug mich wieder mit der Faust, diesmal zwischen die Augen. Brut tropfte mir in die Augen.
„Antworten! Nicht nicken!"
„Ja!" Es war nur ein Krächzen.
Er schlug wider zu. „Lauter!"
„Ja!" Aber es war wieder nur ein Krächzen.
Da wurde er richtig wütend. Er schlug mit beiden Fäusten auf mich ein. Ich schützte mein Gesicht mit den Händen. Irgendwann fiel ich zu Boden. Er trat mit den Füßen nach mir.
Dann wurde ich ohnmächtig.
Glaube ich jedenfalls, denn ich kann mich nicht erinnern, wie ich von diesem Raum in den anderen gekommen bin. Den Raum, in dem ich aufwachte. Ich konnte mich nicht bewegen. Alles tat weh. Meine Lippen waren eine blutige Kruste. Und furchtbar trocken.
Ich hatte Durst.
Ich weiß nicht mehr, wie lange es dauerte, bis ich feststellte, dass ich nicht alleine war. Wie viele es waren, weiß ich nicht. Ich hörte ihren Atem, ihr leises Stöhnen.
Manchmal wurde die Tür geöffnet und ein neuer Körper wurde hereingeworfen und manchmal holten sie einen heraus.
„Sie werden uns alle umbringen!", sagte eine Stimme.
„Wer sind sie?"
„Die Shabiha. Die Geheimpolizei des Präsidenten."
„Ich bin unschuldig", sagte eine Stimme.
Die Stimme neben mir krächzte: „ Es spielt keine Rolle, was du bist oder was du getan hast oder auch nicht. Es zählt nur, was sie glauben, dass du getan hast. Und wer

hier landet, von dem glauben sie, dass er ein Verräter ist. Und darum werden sie uns alle umbringen."

Ich dachte an Mohamed, den Freund von Simon. Und ich dachte an meine Familie. Mutter würde wahnsinnig vor Angst sein. Wie spät war es? Hatten sie schon bemerkt, dass ich verschwunden war?

Aus einem der Nebenräume hörte man Schreie und hämisches Lachen.

„Du da, neben mir, sag was! Wer bist du?" Jemand stieß mich an.

„Talitha."

„Wie alt?"

„15."

„Armes Mädchen!", sagte eine leise Stimme.

„Halt den Mund!", zischte eine andere. „Mach ihr nicht noch mehr Angst!"

Dann holten sie mich.

Ich kam in einen anderen Raum. Ein anderer Offizier.

„Da haben wir ja die kleine Verräterin. Jetzt zeige ich dir mal, was wir mit Verräterinnen machen. Zieh dich aus, Sharmuta!" Ich starrte ihn an. Wie konnte er es wagen, mich „Schlampe" zu nennen! Aber die Angst war größer als meine Wut. Also schwieg ich.

„Ausziehen! Oder muss ich dir helfen?"

Was hatte er vor? Ich war starr vor Angst.

Er packte mein T-Shirt und riss es auseinander. Ich legte meine Hände schützend vor meinen Busen. Aber er schlug sie weg, zerriss meinen BH, drückte meine Brüste mit seiner Hand.

Es tat so weh ...

Die Tür wurde geöffnet, ein anderer Mann kam herein. „Oberst Mahmud lässt grüßen. Diese Braut gehört mir."

Der Offizier schimpfte wütend vor sich hin, aber er verließ den Raum.

Ich war auf den Boden gesunken und schluchzte leise. Jeden Moment würde der Neue mich schlagen und ... weiter konnte ich nicht denken.

„Armes Mädchen!" hatte die Stimme gesagt, weil sie wusste, was sie mit Mädchen und Frauen machten.

Da berührte der Mann mich mit seiner Hand, ganz sanft. „Talitha kum!", sagte er leise.

Ich lag ganz still.

Die Worte von Qashto aus seinem Mund?

Das träumte ich doch bloß!

Er zog mich hoch. „Talitha, schau mich an. Erkennst du mich nicht?"

Es war Em David, ein Freund meines Vaters. Ich starrte ihn an. Was machte er hier? Er war bei der Polizei, das war alles, was wir wussten. Er sprach nie über seine Arbeit. Er war bei der Shabiha?

„Talitha, hör mir jetzt genau zu. Du wirst gleich ganz laut schreien, so dass man es überall hört und jeder denkt, ich quäle dich. Dann bringe ich dich in den Raum zurück, in dem du vorher warst." Seine Worte kamen ganz schnell aus seinem Mund. Ich konnte kaum folgen. „Und heute Abend hole ich dich da raus. Wir werden kein Wort miteinander reden. Du wirst nach Hause gebracht, aber du musst dich verstecken. Ich werde dich als gestorben in die Liste eintragen. Dich gibt es dann nicht mehr, hörst du. Du bist offiziell gestorben. Und ihr solltet sehen, dass ihr das Land verlasst. Hörst du! Es ist wichtig. Auch für mich und meine Familie. Ein zweites Mal kann ich dich nicht hier rausholen!"

Ich nickte.

Auf ein Zeichen von ihm fing ich an zu schreien. Erst war es nur ein Krächzen. Aber dann schrie ich meinen ganzen gesammelten Schmerz heraus, obwohl er mich nicht anrührte.

„Es reicht. Jetzt leg dich auf den Boden. Ich muss dich raus schleifen, es wird vielleicht weh tun."

Es tat weh, aber ich wusste, er würde sein Wort halten. Er war ein Freund meines Vaters. Und Freundschaft ist heilig.

Er warf mich in den Raum zu den anderen. Ich hörte ihr schweres Atmen. Sie sagten nichts und das war gut so, denn ich hätte sie belügen müssen. Ich hatte eine Chance und sie nicht.

Es passierte so, wie er gesagt hatte. Er kam, schrie mich an, ich solle mitkommen und packte meinen Arm und zerrte mich aus dem Raum. Es war niemand sonst auf dem Gang. Er führte mich eine Treppe runter. „Los!", sagte er.

„Danke!", flüsterte ich.

Er schob mich durch die Tür. Draußen wartete ein Auto. Ich stieg ein, der Fahrer sprach kein Wort mit mir.

Ich klingelte. Vater öffnete. Er erstarrte, schaute sich um und zog mich dann hinein.

Er sagte kein Wort. Großmutter und Großvater saßen im Innenhof. Großmutters Hand schlug auf ihren Mund, damit der Schrei ihren Mund nicht verlassen konnte. Sie

umarmten mich und Großmutter holte warmes Wasser und wusch mir ganz vorsichtig das getrocknete Blut aus dem Gesicht.
„Mutter?"
„In der Kirche. Sie wird gleich kommen."
Sie zeigte auf mein zerrissenes T-Shirt. Ich schüttelte den Kopf. „Em David. Er sagt, wir müssen gehen. Offiziell bin ich nun tot."
Mutter schrie so laut, als sie mich sah, dass Vater ihr den Mund zuhalten musste. Dann umarmte sie mich. „Du lebst!", sagte sie und streichelte über mein Haar.
Das war nicht das richtige Wort. Überleben musste es heißen. Ein Leben mit Alpträumen ist kein richtiges Leben. Und ich muss darüber noch froh sein. Im Gegensatz zu den anderen in dem dunklen Raum mit den unsichtbaren Stimmen war ich nicht vergewaltigt worden und ich hatte über – lebt.
Ich hatte eine zweite Chance bekommen, anders als die Zehntausenden, die in den Gefängnissen der Regierung gestorben sind.
„Was ist passiert, Talitha?", fragten sie mich.
Ich blieb stumm. Ich konnte es nicht erzählen.
„Lass sie. Was auch immer passiert ist, es ist vorbei. Sie ist hier. Und das ist alles, was zählt."
Ich habe Angst, schlafen zu gehen. Angst, dass der Alptraum zurückkommt und ich aufwache und immer noch neben den atmenden Stimmen liege, von denen ich nicht weiß, zu welchen Körpern sie gehören.

19.5.2015

Mein Gesicht hat wieder eine normale Form. Ich fürchte mich nicht mehr, wenn ich in den Spiegel sehe. Auch die blauen Flecke am ganzen Körper sind verschwunden. Von außen besehen ist alles wieder in Ordnung. Nur in mir drin ist alles durcheinander.

21.5.2015

Ich sitze wie jeden Tag am Brunnen im Innenhof und ... sitze eigentlich nur. Ich schaue zu, wie Großmutter ihre Blumen gießt. Manchmal kommt sie und drückt mir eine Gießkanne in die Hand. „Der Jasmin hat Durst", sagt sie. Ich stehe dann auf und gieße den Jasmin. Dann setze ich mich wieder hin.

Großmutter betrachtet mich dann kopfschüttelnd und flüstert mit Mutter oder Tante Hannah. Sie reden immerzu über mich. „Sie steht immer noch unter Schock." „Sie muss ins Krankenhaus." „Sie braucht einfach nur Zeit."

Ich bin zufrieden, wenn sie mich in Ruhe lassen. Ich lebe in meiner Welt, in der ich mich mit Qashto, Simon und Fady treffe. Manchmal setze ich mich in das Zimmer mit den roten und goldenen Kissen und warte auf den fliegenden Teppich, aber ich habe wohl das Träumen verlernt.

23.5.2015

Heute ist Großvaters Geburtstag. Es sind viele Freunde gekommen. Ich höre ihre Stimmen im Innenhof. Ich liege auf meinem Bett und hoffe, dass sie nicht zu lange bleiben. Zum Glück kann ich von meinem Zimmer aus ins Bad gehen, ohne dass mich jemand sieht.

Jedes Mal, wenn jemand zu Besuch kommt, muss ich in mein Zimmer verschwinden, denn offiziell bin ich ja tot. Sie haben sogar in der Kirche eine Totenfeier für mich abgehalten. Die Beerdigung hat im kleinsten Familienkreis stattgefunden, haben sie allen gesagt.
Früher waren immer viele Besucher bei uns. Großvater hat einen großen Freundeskreis. Aber jetzt bleiben wir meist unter uns. Auch Samir kommt nicht mehr. Wenn Großvater seine Freunde treffen will, geht er immer ins Kaffeehaus.
Alle haben Angst, dass sich jemand verplappern könnte. Vor allem die Kleinen, Noah, Efrem und Lubia, wenn sie in der Schule sind. Noah findet das aber eher spannend. „Du bist jetzt wie ein Geist", meinte er, „finde ich cool."

Zarah sagt, in der Schule redet niemand über mich. Die Schule ist eine Vorzeigeschule der Partei, da wird sich auch die Direktorin nicht trauen, Fragen zu stellen, was sie mit mir gemacht haben.
Es tut mir leid, dass sie jetzt Probleme hat. Der Geheimdienst hat alle Computer auseinander genommen. Aber selbst wenn sie irgendeine Spur von den Fotos gefunden hätten oder meine Emails verfolgen könnten, es ist zu spät, die Bilder sind gesendet. Und neue wird es nicht geben.

30.5.2015

Wenn Zarah mittags nach Hause kommt, erklärt sie mir, was sie morgens gemacht haben. Dann mache ich mit ihr die Hausaufgaben. Ich weiß zwar nicht, wozu das gut sein soll. Denn ich werde nie wieder zur Schule gehen können.

Jedenfalls hier in Syrien nicht, hat Vater gesagt.
Mein Leben hier ist zu Ende!
„Werden wir weggehen? Ich will aber nicht."
„Wir auch nicht", meinte Mutter. „Aber wir müssen. Hast du vergessen, was Em David gesagt hat? Willst du dein Leben lang hier eingesperrt bleiben?"
Sie planen also die Flucht. Es ist keine Frage mehr, ob, sondern nur noch wann. Aber ich will nicht weg. Nicht, bevor ich weiß, was mit Fady passiert ist.

6.6.2015

Zarah schaut jeden zweiten Tag in der Säule nach, ob eine Nachricht von Fady dort liegt. Nichts! Jedes Mal nur nichts!
Wo ist er? Noch in Syrien?
Er hat keinen Pass und kein Geld, um Polizisten und Grenzbeamte zu bestechen. Am liebsten würde ich Zarah bitten, zum Kinderdorf zu fahren. Vielleicht wissen die, wo er hinwollte.
Aber wenn ihr was passiert, wäre das zu schrecklich.

8.6.2015

Ich lese viel und helfe in der Küche. Nun lerne ich sogar freiwillig kochen, um die Langeweile totzuschlagen.
Manchmal klettere ich abends, wenn alle schlafen auf das Dach, lege mich auf eine Decke und betrachte die Sterne.
Zarah kommt ab und zu mit und dann quatschen wir die halbe Nacht über die Schule, die Lehrer, die anderen Mädchen.

Ihr Freund hat neulich Schluss gemacht. Gesehen haben sie sich immer noch nicht und ich weiß nicht, ob man sagen kann, dass er ihr „Freund“ war.
Aber Zarah war zufrieden so. Sie hatten sich schon schriftlich geküsst und darum war sie auch sehr verletzt, als er auf einmal schrieb, sie sei doch nicht sein Typ. Jetzt will sie Single bleiben.

11.6.2015

Mutter hat Fady im Suq getroffen. Mit seiner Mutter, Rani und Kamila. Mutter hat gesagt, die Mädchen hätten sich so sehr gefreut. Sie wollten uns unbedingt besuchen kommen.
Fady ist ihr dann noch nachgelaufen. Er wollte wissen, wie es mir geht. Bei dem Versuch, mit seiner Mutter zu flüchten, hatte man ihn angeschossen. Er hat wochenlang im Krankenhaus gelegen. Darum hat er nicht geschrieben.
Mutter hat ihm gesagt, was mit mir passiert ist. Er hat geweint und gesagt, es sei alles seine Schuld.
Ich habe lange mit Mutter geredet. Bislang wusste ja nur mein Tagebuch, warum das alles passiert war. Und Zarah, aber die hat geschwiegen.
Es war meine Entscheidung, das, was Simon angefangen hatte, weiter zu machen. Ich glaube, irgendwie war Mutter sogar froh darüber. Dass es auch wegen Fady war, sagte ich nicht, aber ich glaube, das hat sie auch so geahnt.

20.6.2015

Fady hat geschrieben! Jedes Mal, wenn Zarah zur Kirche ging, habe ich ungeduldig auf ihre Rückkehr gewartet. Heute kam sie endlich mit einem Brief zurück:

Salem aleikum, Talitha,
ich schreibe dir, um Abschied zu nehmen. Ich habe deine Mutter im Suq getroffen. Sie hat mir erzählt, was passiert ist. Es tut mir so leid. Ich mache mir Vorwürfe. Es ist meine Schuld. Ich hätte es niemals zulassen dürfen.
Und nun musst du gehen. Ich bin traurig, weil ich nicht weiß, ob und wann wir uns wiedersehen.
Als ich dich in der Eisdiele kennenlernte, warst du für mich nur ein Mädchen, das gerne Vanilleeis mit Pistazien aß. Deine Welt war von meiner so weit entfernt wie die Sonne von der Erde. Und je mehr ich von deiner Welt kennenlernte, desto weiter entfernten wir uns. Ich dachte, du würdest nie verstehen können, warum meine Haare grau geworden sind. Nie verstehen, warum mein Leben nur Sinn macht im Kampf gegen die Regierung. Ich dachte, du würdest nie verstehen, was es heißt, keine Heimat zu haben, weil sich unsere Leben nur in einer Schale Vanilleeis mit Pistazien berührten.
Als Simon starb, habe ich nicht damit gerechnet, dass du an seine Stelle treten würdest. Und jetzt kann ich mir nicht mehr vorstellen, dass du vielleicht für immer aus meinem Leben verschwindest.
Irgendwann, wenn ich etwas Geld verdient habe, werde ich mit meiner Mutter und Rani und Kamila nach Beirut fahren. Dort gibt es große Lager für Palästinenser, dort

sind sie erst mal in Sicherheit. Ich werde weiter nach Europa gehen und irgendwann meine Familie nachholen.

Gott schütze dich, Talitha, bis wir uns irgendwann, irgendwo, irgendwie wiedersehen.
Und wenn du abends so gegen 10:00 am Sternenhimmel zur Venus schaust, dann werden sich dort unsere Träume begegnen.
Fady

25.6.2015

Ich liege oben auf dem Dach und schaue in den Sternenhimmel über mir. Es sind so unendlich viele. Einer von ihnen heißt Talitha. Aber er ist so klein, dass man ihn nicht sehen kann. Die Venus strahlt am hellsten.
Wo bist du jetzt, Fady?
Träumst du den gleichen Traum wie ich?

30.6.2015

Zarah hat Fady in unserer Straße getroffen, als sie von der Schule kam. Er hat das Haus beobachtet. Als er sie sah, winkte er ihr, ihm zu folgen. Er wollte wissen, an welchem Tag wir abfahren würden. Das wissen wir aber noch nicht genau. Ungefähr in zwei Wochen, hat sie ihm gesagt.
Ach Fady, wie gerne hätte ich dich noch einmal gesehen!

15.7.2015

Wir fliehen aus Damaskus. In der Bibel ist es die Stadt der Freude, das Paradies auf Erden. Der Prophet Mohamed kam einmal auf seiner Reise an Damaskus vorbei. Er

stand auf dem Berg und sah auf die Stadt hinunter. Und sie erschien ihm paradiesisch schön. Aber er entschied sich, Damaskus nicht zu betreten, weil man das Paradies nur einmal betreten darf. Und das wollte er sich für die Zeit nach seinem Tod aufsparen.
Wir haben in diesem Paradies gelebt. Aber die Zeit ist gekommen, das Paradies zu verlassen, das längst zur Hölle geworden ist. Zu verlassen, auch wenn wir wissen, dass es kein zweites für uns geben wird.

Im Wald bei Budapest 3.9.2015, 14:00

Ach Fady, es war nur ein schöner Traum!

Zu schön, um wahr zu werden!

Wir dachten, wir sitzen im Zug in die Freiheit und dabei war es der Zug, der uns alle ins Gefängnis bringen sollte: In ein Flüchtlingscamp mit Stacheldraht und Wachen davor.

Als der Zug nach einer halben Stunde wieder anhielt, haben wir nichts Böses geahnt. Es ist sicher nur ein Signal, weil ein Gegenzug kommt, haben wir gedacht.

Aber dann liefen Männer mit Megaphonen am Zug entlang. Auf Englisch und Arabisch schrien sie: „Aussteigen! Alle raus aus dem Zug!“

Die meisten stiegen so wie wir aus, weil wir dachten, der Zug hat eine Panne. Andere durchschauten gleich, dass es eine Falle war. Sie weigerten sich, klammerten sich an den Türen fest, als die Polizisten sie herausholen wollten. Mit Schlagstöcken schlugen sie auf deren Hände ein, bis sich die Finger lösten.

Es war schrecklich!

Auf der einen Seite die Polizisten, die uns wie Kamele hinter einen Zaun zusammengetrieben hatten und auf der anderen wir, ängstlich, wütend, enttäuscht.

Wir warteten, worauf wussten wir erst nicht. Aber dass es nicht in die Freiheit ging, war uns schon klar. Wir fürchteten, dass die Ungarn das Gesetz, durch das alle illegalen Flüchtlinge zu Verbrechern wurden, schon jetzt umgesetzt hatten und wir alle ins Gefängnis gesperrt würden.

Neben uns stand ein junger Mann. Er tippte wie ein Verrückter auf seinem Smartphone herum. „Ich schreibe über Facebook einem Journalisten, den ich in Budapest kennengelernt habe. Der macht ´ne Reportage über Flüchtlinge. Wenn die uns einsperren, dann soll die Welt davon wenigstens erfahren."

Es hat super funktioniert. Die Journalisten kamen in Scharen. Wir standen da, bewacht von den Polizisten mit Gewehren, während die Kameras blitzten und uns Mikrophone vor den Mund gehalten wurden.

Mutter zog mich zurück aus der ersten Reihe.

„Ich will nicht, dass dein Bild zu Hause in den Nachrichten auftaucht. Das könnte Probleme geben."

Einer der Journalisten fragte, ob wir wüssten, dass hier in der Nähe ein großes Flüchtlingscamp sei und dass man uns da wohl hinbringen würde.

Wir waren geschockt, ich konnte es einfach nicht glauben. „Sie werden es nicht wagen, jetzt, wo die ganze Welt zuschaut", sagte ich, aber Mutter schüttelte den Kopf. „Die Ungarn haben vor den Augen der ganzen Welt ihren Stacheldrahtzaun verlegt und Familien mit Gewehren zurückgedrängt. Die wollen uns nicht und das Recht ist auf ihrer Seite."

Als die ersten Busse anrollten, die uns ins Camp bringen sollten, brach das Chaos los. Freiwillig wollte niemand einsteigen. Manche legten sich auf den Boden, andere klammerten sich an den Gleisen fest. Die Polizisten schlugen mit ihren Schlagstöcken auf sie ein, bis sie losließen und sich abführen ließen.

Da nahm Mutter Noahs Hand und schrie mir zu:" Los, Talitha! Lauf!!!" Wir rannten ohne zurückzusehen bis zu diesem kleinen Wäldchen einige hundert Meter vom Bahnhof entfernt.

Niemand hat uns verfolgt. Die Polizisten sind zu sehr damit beschäftigt, die Busse zu füllen, da kommt es auf ein paar

Geflohene nicht an. Wir sind nicht die einzigen, die es geschafft haben. Wir sind inzwischen eine Gruppe von zwanzig.
Hier sitzen wir nun versteckt hinter Büschen und beobachten, wie die Busse abfahren. Ein neuer Zug kommt und die ahnungslosen Flüchtlinge werden wieder von den Polizisten in neue Busse gesteckt.
Wir wollen warten, bis es dunkel wird und keine Züge mehr kommen. Dann werden wir mit einem Taxi zurück nach Budapest fahren.
Mir ist es egal, wo wir sitzen und warten. Hier gefällt es mir sogar noch besser. Die Sonne scheint und es ist nicht so laut und dreckig wie am Bahnhof.
Mutter und Noah schlafen, ich schreibe. Ich erzähle dir, was in den letzten Wochen passiert ist, von unserer Flucht, die immer noch nicht zu Ende ist. „Wer Honig essen will, der ertrage das Stechen der Bienen“, hat meine Großmutter immer gesagt. Und ich fürchte, wir müssen die Stiche noch lange ertragen ...

„Man muss durch die Nacht wandern,
wenn man die Morgenröte sehen will.“
Khalil Gibran

Teil 3

Flucht vom Libanon bis Ungarn
durch die Türkei, Griechenland,
Mazedonien und Serbien
Juli 2015 bis 2. September 2015

Von Damaskus nach Beirut

Aufgebrochen sind wir Mitte Juli, zwei Wochen nach Ferienbeginn am ersten Urlaubstag meines Vaters. Alles andere wäre zu auffällig gewesen. Es sollte so aussehen, als wollten wir in den Urlaub fahren. Wir mussten vorsichtig sein, wir wussten ja nicht, ob die Geheimpolizei unser Haus beobachtete. Großvater meinte, wir dürften auf keinen Fall riskieren, dass sie das Haus noch einmal durchsuchten und mich dabei fänden.

Vater kannte einen Arzt in Beirut, mit dem er seit seinem Studium befreundet war. Früher hatten meine Eltern ihn und seine Familie öfter in Beirut besucht und sie uns in Damaskus. Aber in den letzten Jahren, seit bei uns Bürgerkrieg ist und die Straßen von der Militärpolizei kontrolliert werden, telefonierten meine Eltern nur noch mit ihnen. Und seit meiner Verhaftung gab es auch keinen Telefonkontakt mehr.

Dorthin wollten wir fahren und von da aus weiterplanen. In Beirut konnten wir ohne Probleme das Internet benutzen, Kontakt mit den Schleppern aufnehmen und auf dem Basar Schwimmwesten und warme Kleidung einkaufen. Das war hier zu gefährlich.

„Wir sollten Ahmud vorher anrufen!“, meinte Mutter. Vater wollte nicht einmal das riskieren. Vielleicht machten wir uns auch zu viele Sorgen, aber wir konnten uns keinen Fehler leisten. Bei dem Gedanken, wieder ins Gefängnis zu müssen und diesem Offizier zu begegnen, wurde mir übel. Es tat mir so leid, dass meine Familie nun wegen mir flüchten musste.

Dabei wollten wir das ursprünglich gar nicht. Mutter wollte das Grab von Simon nicht verlassen und ich wartete auf eine Nachricht von Fady.
Wir packten unsere Koffer als würden wir in den Libanon ans Meer fahren, um Urlaub zu machen. Mutter fiel es schwer, alles zurückzulassen. „Meinst du, die durchsuchen unsere Koffer? Wozu brauchen wir Badekleidung? Schlafsäcke, warme Jacken, das ist wichtig. Wer weiß, wie lange wir unterwegs sind."
Vater ließ nicht mit sich reden. „Und wenn sie uns doch durchsuchen? Wie willst du mitten im Sommer warme Winterjacken erklären? Das sieht doch sofort nach Flucht aus. Wir sollten lieber sehr vorsichtig sein als zu riskieren,im Gefängnis zu landen. Wir kaufen alles neu, sobald wir in Beirut sind."
Vater hatte eine Packliste aufgestellt. Danach sollten wir keine persönlichen Unterlagen mitnehmen. Den Pass ja, aber keine Zeugnisse oder persönliche Briefe. Das könnte für jeden Kontrolleur ein Indiz sein, dass wir fliehen wollten.
„Und auch keine Tagebücher! Talitha, das gilt für dich!"

Wie sich nachher herausstellen sollte, hat Mutter sich in diesem Punkt nicht an die Packliste gehalten. Sie schmuggelte in ihrem Rucksack in wasserdichten Plastiktüten nicht nur unsere Zeugnisse, sondern auch mein Tagebuch mit.
Da ich das aber nicht wissen konnte, protestierte ich. „Es ist ein Geschenk von Qashto. Das lasse ich nicht hier!! Ohne mein Tagebuch wäre ich in den letzten Wochen verrückt geworden. "

Und darin klebten außerdem deine Briefe, Fady. Die waren doch alles, was ich noch von dir hatte.
Aber die Briefe habe ich erst gar nicht erwähnt. Für meine Familie bist du die Ursache für alles Unglück, was uns in den letzten Monaten zugestoßen ist. Meine Großeltern und Tante Hannah machen dich persönlich dafür verantwortlich, dass unsere Familie ins Fadenkreuz des Geheimdienstes geraten ist. Dabei hast du uns doch nur die Augen geöffnet für das Unrecht, das im Namen der Regierung passiert. Simon und ich haben uns freiwillig entschlossen, etwas dagegen zu tun.
Zum Glück sehen meine Eltern das auch so. Bei allem Schmerz über Simons Tod, allem Entsetzen über meine Verhaftung haben sie nie auch nur ein Wort gegen dich gesagt.
„Du bekommst ein neues Tagebuch, wenn wir sicher irgendwo angekommen sind", versprach mein Vater.
„Aber ...!"
„Talitha! Ich habe dir keinen Vorwurf gemacht, dass du uns alle in Gefahr gebracht hast. Aber jetzt erwarte ich, dass du dich bis auf den letzten Buchstaben an meine Anweisungen hältst!"
Als ich anfing zu weinen, nahm er mich in den Arm. „Ich nehme an, in deinem Tagebuch steht eine Menge über Fady und Jarmuk, über unsere Meinung zu Assad und über das, was die Shabiha mit dir gemacht hat, oder?"
Ich senkte den Kopf. Er hatte Recht, da stand eine Menge drin, was meine Familie in Gefahr bringen könnte.
„Hör auf deinen Vater", meinte auch Großmutter. „Ich schicke es dir später, wenn ihr eine neue feste Adresse habt."

„Wahrscheinlich wäre es das Beste, alles zu vernichten", sagte Großvater.
„Es ist ein Geschenk von Qashto!", protestierte ich, als würde das alles verändern.
Es änderte nichts. Ich musste mein Tagebuch abgeben. Großmutter und Tante Hannah kochten ein Abschiedsessen. Sie machten alles, was wir besonders gerne aßen. Tabbuleh, Kebbeh, gefüllte Weinblätter und gefüllte Datteln.
„Greift zu!", sagte Großmutter. „So schnell werdet ihr das nicht mehr bekommen."
Aber niemand hatte Hunger.
Es war ein Abschied für immer, auch wenn alle davon redeten, dass wir zurückkehren würden. „Hier ist unsere Heimat. Sobald der Krieg vorbei ist, kommen wir zurück", versprach Mutter.
Der Abschied war schrecklich. Unser Haus wurde wieder mal ein Haus der Tränen. Es war die Hoffnung auf eine Rückkehr, die uns den Abschied ertragen ließ.
Am Sonntagmorgen gingen wir sehr früh gemeinsam in die Kirche. Wir wollten niemandem begegnen. Zum ersten Mal seit Wochen verließ ich das Haus.
Es war ein Risiko, aber eines, das wir eingehen mussten. Vielleicht, aber das konnte niemand mit Gewissheit sagen, war ich längst in Vergessenheit geraten. Ich war nur ein fünfzehnjähriges Mädchen, da gab es schlimmere Gegner für Assad. Andererseits konnten wir alle das Bild von Mohamed nicht vergessen, der gefoltert und getötet wurde, weil er ein Lied gespeichert hatte und auch erst fünfzehn gewesen war.

Während die anderen in den Gottesdienst gingen, blieb ich in der Wohnung des Pfarrers, der als einer der Wenigen wusste, was passiert war und dass ich noch lebte.

Meine Familie kehrte nach Hause zurück.

Ich wartete im Pfarrhaus, schlich mich aber nach dem Mittagessen, als Pater Georges seine Predigt für den Abend vorbereitete, in die Kirche, um eine letzte Nachricht an Fady im Loch am Fuß der Säule zu verstecken.

Darauf hatte ich meine neue Mailadresse geschrieben. Zarah hatte sie für mich am Computer der Schule eingerichtet. Unter einem Fakenamen und einer Adresse, die es längst nicht mehr gab, weil das Haus in Trümmern lag. Meine Handynummer wäre zu gefährlich gewesen.

Als ich ein Geräusch von der Eingangstür her hörte, faltete ich schnell meine Hände und betete um den Schutz der Muttergottes.

Was dann passierte, weißt du, Fady. Du standest auf einmal neben mir. Es war die Erfüllung meines Traumes, den ich jeden Abend zur Venus geschickt hatte.

Es war Wiedersehen und Abschied gleichzeitig. „Nicht weinen!“, hast du gesagt. „Denk an die Worte deiner Qashto: Glück ist eine Oase, die zu erreichen nur träumenden Kamelen gelingt. Und wir werden sie finden, diese Oase.“

Ich mag Pater Georges sehr, aber er kam noch nie so unpassend wie in diesem Moment. Wir konnten gerade noch einen Schritt auseinander gehen und die Hände falten. „Ach hier bist du! Ich suche dich schon überall.“ Der Pfarrer stand neben mir. „Jaron ist da, um dich abzuholen.“

Jaron ist ein Freund meines Vaters und Mitglied unserer Gemeinde. Er wohnt außerhalb von Damaskus in der Nähe der Autobahn Richtung Beirut. Deshalb hatte Vater ihn wohl eingeweiht. Außerdem ist sein Sohn auch geflüchtet. Er wird uns nicht verraten.
Fady verabschiedete sich hastig und ging. Ich schaute ihm traurig nach und Pater Georges wunderte sich. „Wer ist das? Kennst du ihn? Ich habe ihn in den letzten Monaten öfter hier gesehen. Aber er ist nicht in unserer Gemeinde."
„Es ist Simons bester Freund."
„Und er weiß nun, dass du lebst. Du hättest in der Wohnung bleiben sollen."
Ich nickte und senkte den Kopf, sonst hätte er in meinen Augen gelesen, was dieses Treffen mit Fady mir bedeutet hat.
Jaron fuhr mit mir zu sich nach Hause, wo ich auf meine Eltern warten sollte. Auch seine Schwiegertochter lebte dort mit ihren Kindern. Sie zeigte mir Bilder von ihrem Mann, der inzwischen in Österreich angekommen ist. Salzburg heißt der Ort. Sobald sein Asylantrag genehmigt ist, will er seine Familie nachholen. Sie gab mir seine Telefonnummer, ich speicherte sie in meinem Handy unter der von Cousin Rafi. Ich habe keine Ahnung, ob wir auch durch dieses Salzburg kommen werden, aber es liegt in Europa und jede Telefonnummer von dort ist kostbar, sagt Vater.
Am Nachmittag wurde ich abgeholt. Vier Stunden Fahrt bis zur libanesischen Grenze lagen nun vor uns. Wir fuhren durch ein Gebiet, das von den Regierungstruppen kontrolliert wurde. Zwei Checkpoints mussten wir passieren. Keiner aber konnte wissen, ob die IS-Milizen

nicht auch schon hierher vorgerückt waren. Das wäre wohl das Ende unserer Fahrt gewesen.
Zum Glück war das nicht der Fall.
Aber jedes Mal schauten schwer bewaffnete Regierungssoldaten prüfend in unser Auto und ließen unsere Herzen vor Angst klopfen. Das eine Mal mussten wir einen Koffer öffnen. Sie fanden aber nur Badekleidung und Taucherbrillen.
„Urlaub am Meer!“, erklärte Vater.
Nicht auszudenken, wenn sie auf Winterjacken und Schwimmwesten gestoßen wären!
Sie warfen einen kurzen Blick auf die Pässe meiner Eltern und dann in den hinteren Wagenteil, wo Noah und ich saßen.
„Sind das Ihre Kinder?“
Vater nickte.
„Keine Pässe?“
„Haben wir nicht mehr geschafft. Ich habe sehr kurzfristig Urlaub bekommen.“
Der Soldat schaute von einem zum anderen. „Was machen wir denn da?“ Er wedelte mit seinem Gewehr vor Vaters Nase herum.
Vater hatte damit gerechnet und ein Bündel Geldscheine vorbereitet. Mir war schlecht und Mutter vertuschte einen Aufschrei unter einem Hustenanfall, als sie noch einmal abschließend in Noahs und mein Gesicht leuchteten und uns dann mit einer Handbewegung weiter winkten.
„Sie ist ja nicht zur Fahndung ausgeschrieben!“, schimpfte Vater hinterher mit Mutter. „Reiß dich zusammen, sonst merken sie noch, dass etwas nicht stimmt. Talitha ist offi-

ziell tot und das können sie bei diesen Straßenkontrollen nicht überprüfen. Außerdem müssen sie auf so eine Idee ja erst mal kommen. Schließlich fährt ja nicht jeden Tag eine Tote spazieren."

Falls er das als Witz gemeint hatte, lachte keiner von uns darüber. Es war still im Auto. Jeder hing seinen Gedanken nach. Meine waren bei dir, Fady.

Auch der Grenzübergang zum Libanon war dank der Banknoten von Vater kein Problem und schon kurze Zeit später erreichten wir Beirut.

„Der Gast ist ein Geschenk Allahs" sagt ein Sprichwort und darum war die Sorge meiner Mutter unbegründet. Ahmud, Vaters Freund, sah das genauso. Die Familie nahm uns so herzlich auf, als hätten wir uns Wochen vorher angekündigt.

Ein Begrüßungstee wurde gekocht, Betten wurden gemacht, Noah verschwand glücklich mit Ali, dem Sohn, im Garten zum Fußballspielen. Abends gingen wir in ein Restaurant hoch über dem Hafen. Es war der schönste Abend seit Monaten, nur du hast gefehlt, Fady. Die Venus leuchtete am Himmel und ich habe einen Traum zu ihr hinauf geschickt. Hast du ihn getroffen?

Acht Wochen war ich zu Hause eingesperrt gewesen, jetzt war ich zurück im Leben, auch wenn es nicht das Leben war, das ich kannte. Aber das war es ja schon lange nicht mehr. Frei atmen, frei umhergehen, frei reden. Die letzten Wochen lagen auf einmal so weit weg wie auf einem anderen Stern und doch nur vier Stunden entfernt.

Warum konnten wir nicht hier bleiben?

Warum wollten wir tausend Kilometer weiterfliehen?

Ohne zu wissen, wohin.
Hier im Libanon war alles vertraut: sie sprachen arabisch wie wir, im Fernsehen wurden die Nachrichten auf Französisch verlesen. Außerdem sind bereits 1,1 Millionen Flüchtlinge aus Syrien hier bei 4 Millionen Libanesen. Ich könnte wieder auf die internationale Schule gehen. Das Leben hier war ein bisschen wie zu Hause.
Und es gab die Hoffnung, dass du bald hierher kommen würdest, Fady.
Warum sollten wir also weiter fort gehen? Dorthin, wo wir Fremde sein würden, wo man uns nicht verstand, vielleicht sogar gar nicht willkommen heißen würde?
Warum?
„Weil es hier auch nicht sicher ist!“, sagte Vater. „Wir sind nur vier Stunden von Damaskus entfernt. Es ist nur eine Frage der Zeit, dass der Bürgerkrieg aus Syrien hier herüber schwappt. Autobomben, Anschläge, Granaten, das alles hast du jetzt bereits hier.“
Hätte ich das bloß niemals angesprochen! Es machte den schönen Abend kaputt.
Vaters Freund meinte zwar, syrische Zustände werde es hier nicht geben.
Und wenn doch?
Wir haben auch lange, zu lange nicht geglaubt, dass der Bürgerkrieg unser Land zerstören würde. „Wenn wir bleiben und der Krieg kommt dann doch hierher, haben wir uns vielleicht gerade etwas Neues aufgebaut und müssten dann weiterfliehen“, meinte Mutter.
Dauerhafte Sicherheit gab es für uns im Libanon nicht. Beirut war nur gefühlt eine Sternenewigkeit entfernt von

Damaskus, die Gefahr, dass der Bürgerkrieg in absehbarer Zeit hierher kommen würde, war einfach zu groß. Meine Eltern wollten das Risiko nicht eingehen.
Ich war wütend und enttäuscht. Für einen Moment hatte ich gehofft, dass ich dich bald hier wiedersehen könnte, Fady.
Am nächsten Tag gingen wir auf den Basar, um warme Jacken und Schwimmwesten zu kaufen. Hinterher saßen wir noch in einer Eisdiele. Alle wunderten sich, als mir die Tränen über das Gesicht liefen. Vanilleeis mit Pistazien ist für immer mit dir, Fady, verbunden.

Von Beirut in die Türkei

Tagsüber saßen meine Eltern zusammen und machten Pläne für die weitere Flucht. Am einfachsten wäre ein Flug nach Paris oder Berlin gewesen. Aber das Geld hatten wir nicht, ein Visum auch nicht. Und das würden wir auch nicht bekommen, weil Noah und ich keine Reisepässe besaßen.
Vaters Freund schlug vor, einen gefälschten Pass zu kaufen, aber das war zu teuer.
Die Familie hatte schließlich Rafis Flucht schon finanziert, auch das Gesparte meiner Eltern war dafür verwendet worden, wir wollten ja im Januar noch gar nicht fliehen.
Vater und Mutter studierten mit ihrem Freund stundenlang die Karten bei Google. Zwischen 5.000 und 20.000 Euro pro Person würde die Flucht kosten, je nachdem, ob man das Flugzeug, den Bus, ein Schiff benutzte oder zu Fuß ging.

Der beste Weg, den wir bezahlen konnten, führte mit dem Auto über Tripoli und dann mit dem Boot weiter in die Türkei. Von dort wollten wir ein Boot nehmen, das uns über das Mittelmeer nach Italien bringen sollte, was schon in Europa liegt. Von dort weiter nach Norden und dann am liebsten nach Paris. Damit konnte selbst ich mich anfreunden.

Vater hatte im Internet eine Schlepperorganisation gefunden, die ab Tripoli alles für uns organisierte. Für 3000 Euro pro Person. Die Hälfte musste er jetzt schon zahlen, die andere Hälfte bei der Ankunft in Italien.

Zusammen mit Larissa, die ich von früher kannte und in deren Zimmer ich schlafen durfte, surfte ich im Internet quer durch Paris. Eiffelturm, Champs Elysées, da wollte ich schon immer hin.

Dann stießen wir auf Berichte über Flüchtlinge in Paris. Paris zog nicht nur uns an, es waren schon viele andere dort. Ein Bild zeigte blaue und grüne Zelte, die eine Hilfsorganisation gekauft hatte, in denen die Flüchtlinge seit einem Jahr unter einer Brücke am Kai campten. Davor bunte Plastikwannen, in denen sie ihre Wäsche wuschen. Darüber auf der Brücke Touristen, die ihren Kaffee schlürften und Fotos von ihnen machten.

Andere Flüchtlinge lebten sogar in den Kanälen unter den Metrostationen mit Ratten und über sich den Lärm der Metros. Schon beim Lesen wurde einem schlecht.

Larissa schaute mich entsetzt an. an. „Ich weiß nicht, ob das eine gute Idee ist mit Paris. Willst du so leben?“

Natürlich nicht!!!

Als Obdachlose monate- ja jahrelang unter einer Brücke im Zelt schlafen oder mit Ratten zusammen?

Niemals!!
Vater ist Arzt, Mutter Dolmetscherin. Ich will mein Abitur machen. Wir gehen weg, weil wir eine neue Chance brauchen, aber doch nicht weg von den Granaten hin zu den Ratten!
Larissa suchte weiter. „Hier steht, ihr müsst erst mal einen Asylantrag stellen. Das kann vier bis sechs Monate dauern, bis ihr einen Termin bei der Behörde für die Antragstellung kommt."
„Und bis dahin leben wir auf der Straße?"
Larissa schaute mich mitleidig an. „Keine Ahnung. Wenn ihr Geld habt, könnt ihr vielleicht eine Wohnung mieten. Aber ich weiß nicht, ob das geht. Ihr habt ja kein Visum, ihr seid ... illegal dort. Und sieh mal, hier steht: Das Asylverfahren dauert in Frankreich meist 19 Monate."
19 Monate, das waren fast zwei Jahre, die Zeit, die ich bis zum Bac noch brauchte. Konnte ich dort überhaupt zur Schule gehen, wenn ich illegal war?
Ich zeigte meinen Eltern die Seiten im Internet. Sie waren auch entsetzt. Aber sie meinten, so schlimm müsste es bei uns ja nicht kommen.
Und wenn doch?
Durfte Vater als Arzt arbeiten, wenn er noch nicht anerkannt war? Wenn nicht, würde unser Geld nicht reichen und wir würden doch unter der Brücke landen.
„In anderen Ländern lassen sie die Flüchtlinge nicht unter der Brücke schlafen", meinte Ahmud. „Ihr solltet euch nicht auf Paris festlegen. Ihr wisst doch gar nicht, wohin euch die nächsten Wochen bringen."
Wir hatten ja keine Ahnung, wie recht er damit hatte!

Auf dem Basar kauften wir noch für jeden von uns einen Rucksack, in den wir vier T-Shirts, eine Hose zum Wechseln, Unterwäsche und Waschzeug packten.
Ich bin ja nun wirklich nicht die Modekönigin von Damaskus, aber vier T-Shirts und eine Hose für mindestens drei Wochen???
„Wir können unterwegs neue Sachen kaufen", meinte Vater.
Tripoli liegt 85 Kilometer nördlich von Beirut. Die Fahrt dorthin war nicht ungefährlich. Wie in Beirut gab es auch in Tripoli Autobombenanschläge und Granaten- und Raketenangriffe auf Wohnviertel.
Aber uns blieb keine Wahl. Der Tod reiste immer mit.

In Tripoli blieben wir zwei Tage in einem kleinen Hotel. Auch die anderen Zimmer waren mit Menschen belegt, die flüchten wollten.
Dann endlich wurden wir abgeholt. Unser Boot lag etwas abseits der offiziellen Fähren Richtung Türkei in einer kleinen Bucht. Wir gingen zu Fuß dorthin.
Das Boot war klein. Ziemlich klein für die Reise übers Meer. Als wir einstiegen, dachten wir zuerst noch, es würde uns nur ein Stück weit aufs Meer bringen, wo wir dann in ein größeres umsteigen würden. Aber das war nicht so. Das Boot sollte uns tatsächlich bis Mersin in die Türkei bringen.
Eine furchtbare Vorstellung. Mutter drehte fast durch, als sie den Rost überall bemerkte.
Aber es war zu spät.
Es waren schrecklich viele Menschen auf dem Boot, viel mehr, als eigentlich darauf passten. Sie saßen, lagen,

jedes Fleckchen war belegt. Vater war wütend, weil es so viele mehr waren, als der Schlepper in seiner Internetwerbung angekündigt hatte.
Wir blieben in Küstennähe, was beruhigend war. Trotzdem hatten wir unsere Schwimmwesten angelegt. Es war laut wie auf dem Basar. Alle redeten durcheinander, Kinder weinten und schrien.
Erst als es dunkel wurde, ließ die Angst die Stimmen verstummen. Wir hatten unsere Wasserflaschen dabei, Pitahbrote und Datteln. Andere waren nicht so gut vorbereitet.
„Das weiß man doch, dass man selber was mitnehmen muss!“, schimpfte der Kapitän, als sich einige beschwerten. „Wir sind doch kein 5 Sterne-Restaurant.“
Ein Mann wurde daraufhin wütend und griff den Kapitän an. Er wurde von der Mannschaft gefesselt. „Der nächste, der sich nicht benehmen kann, wird über Bord geworfen.“ Der Kapitän sah so wütend aus, dass wir ihm das sofort glaubten.
Für den Rest der Fahrt beschwerte sich niemand mehr.

Ich weiß nicht, wie lange wir unterwegs waren, als der Motor auf einmal aussetzte. Wir dachten, wir sind schon da, sprangen auf, aber der Kapitän schnauzte uns an. „Sitzen bleiben! Wollt ihr das Boot zum Kentern bringen?“
Die Wellen ließen das Boot heftig schaukeln, Wasser schwappte herein. Panik brach aus. Mit Stöcken schlug die Besatzung auf uns ein bis alle wieder saßen.
Endlich sprang der Motor wieder an.
Wir waren glücklich, als wir in Mersin ankamen.
„Ist das schon Europa?“, wollte Noah wissen.

Leider nicht. Mersin ist eine große Hafenstadt an der Mittelmeerküste der Türkei. Hier wimmelte es von syrischen Flüchtlingen, die sogar eigene Dörfer aufgebaut haben. Sie alle warteten auf die Weiterreise mit dem Bus oder mit dem Boot.

Die Leute im Dorf erzählten Mutter, dass man mit kleinen Booten bis auf das offene Meer gebracht würde. Immer wieder kenterten Boote dabei. Alle paar Tage wurden Leichen angeschwemmt. Dort auf dem Meer wartete dann ein großes Schiff, das die Menschen in fünf Tagen weiter nach Italien bringen sollte. Es war die schnellste Möglichkeit, um in ein Land der EU zu kommen.

Kurz vor der italienisches Küste sendete der Kapitän dann einen Notruf an die italienische Küstenwache und das Rote Kreuz ab: „SOS – Unser Schiff sinkt, alle werden ertrinken." Obwohl das gar nicht stimmte. Aber sofort machten sich Rettungsschiffe auf den Weg und nahmen die Menschen an Bord.

Mutter war empört, nicht wegen der Mogelei des Kapitäns, sondern weil Vater ihr verschwiegen hatte, dass wir in ein Schlauchboot steigen mussten, das kentern könnte. Alle paar Tage angeschwemmte Leichen! Das war zu viel für sie.

Sie weigerte sich. Zum ersten Mal gab es Streit.

„Du kannst ja gehen. Ich bleibe mit Noah hier!", schrie sie meinen Vater an. „Und Talitha kann sich entscheiden, mit wem sie geht."

Ein Alptraum. Die Familie zerbrach.

„Wir haben schon bezahlt!", schrie Vater zurück. „1500 Euro für jeden von uns als Anzahlung!"

„Um zu leben, nicht um zu sterben. Dann hätten wir gleich zu Hause bleiben können."
„Manchmal sind zu viele Informationen auch schädlich", schimpfte Vater. „Was sollen wir denn sonst machen? Irgendwo müssen wir übers Meer."
„Wir hatten doch noch andere Wege als Alternative herausgesucht. Mit dem Lastwagen oder Bus in den Westen der Türkei nach Bodrum und von da nach Kos. Das ist nur eine winzig kleine Strecke übers Wasser. Und dann über das Festland weiter nach Norden."
„Aber das Geld ist weg." Vater ärgerte sich noch tagelang über die Verschwendung, telefonierte dann aber doch herum und traf sich mit einem anderen Schlepper, der seine Dienste über Facebook anbot. Er wollte uns für 500 Euro pro Person mit einem Bus in zehn Stunden bis nach Bodrum fahren.
Wir mussten in einen geschlossenen Lastwagen steigen. Das war so nicht abgesprochen. Es hieß, ein Bus holt uns ab. Mein Vater war empört.
„Einsteigen oder hierbleiben!", schrie der Fahrer uns an. Wir stiegen zu den anderen in den Laderaum. Es war dunkel, eng und heiß. Wir hatten auch nicht genug Wasser dabei. Die Sonne brannte auf das Dach. Die Luft war zum Ersticken. Noah weinte. Eine Frau fiel in Ohnmacht.
Wir klopften wie verrückt an die Vorderwand, bis der Fahrer endlich anhielt.
Er riss die Tür auf. Wir schnappten nach Luft.
„Ruhe!", schrie er. „Das macht ihr nicht noch einmal. Sonst könnt ihr zu Fuß weitergehen." Er zog die ohn-

mächtige Frau an den Füßen aus dem Wagen und warf sie auf den Boden. Dann schlug er die Tür zu.
Wir saßen wie erfroren da. Für den Rest der Fahrt sagte niemand mehr ein Wort. Es waren nur zehn Stunden. Eine gefühlte Ewigkeit.

Von der Türkei nach Griechenland

Bodrum ist eine reiche Stadt. Viele Touristen und Promis verbringen ihre Ferien hier. Und jetzt sind auch noch die Flüchtlinge da. Sie passen nicht hierher. Sie schlafen im Stadtpark unter den Bäumen, sitzen überall im Ort herum und warten auf eine Möglichkeit, weiterzureisen.

Unser Schlepper hatte uns ein kleines Zimmer in einem Hotel in Strandnähe besorgt.
Eine Dusche!!!! Ich war noch nie so glücklich über eine Dusche. Ich hatte meine Tage bekommen und fühlte mich ganz fürchterlich. Das sind die Momente, wo ich es hasse, ein Mädchen zu sein!!
Mit dem Flugzeug wären wir in drei Stunden in Deutschland oder in Paris. Ein Traum, aber leider nicht bezahlbar und ohne Pass auch nicht möglich. Die Überfahrt mit dem Boot zur griechischen Insel Kos war preiswerter. Griechenland gehörte schon zur EU. Aber dort wollten wir auf keinen Fall bleiben. Es ist ein armes Land. Vater glaubte nicht, dass er dort Arbeit finden würde.
Wir warteten also ungeduldig auf den Anruf des Schleppers. Warten,warten, warten ... Und nichts zu tun, kein Buch zu lesen. Keine Internetverbindung. Noah lang-

weilte sich noch mehr als ich. Mutter und ich erzählten ihm abwechselnd Geschichten.
Nachts gegen zwei Uhr wurden wir dann endlich abgeholt. Wir kletterten eine Stunde lang über Sandhügel und stachen uns an dornigen Büschen, bis wir die abgelegene Bucht erreichten, in der mehrere graue Gummiboote am Ufer lagen. Sie erschienen uns winzig im Verhältnis zu den Menschen, die alle einsteigen wollten. Es waren nur wenige Kilometer von Bodrum zur Insel Kos. Und doch kenterten auch hier immer wieder Boote. Die genauen Zahlen kannten wir nicht. Wir hatten Angst und hofften, dass unsere Schwimmwesten uns retten würden, falls das Boot tatsächlich kenterte.
Mutter wäre am liebsten am Ufer geblieben. Aber wenn diese Flucht überhaupt einen Sinn machen sollte, mussten wir diesmal ins Boot einsteigen.
Wir saßen dicht gedrängt, Frauen, Männer, Kinder, auch zwei Babys. Dreißig Personen. Wir saßen auf dem Boden, andere auf dem Rand des Bootes, der nicht mal vierzig Zentimeter über dem Wasserspiegel war.
Der Schlepper warf den Motor an, drückte einem Mann das Steuerrad in die Hand: „ Immer gerade aus! “, schrie er auf Arabisch. „Dann seht ihr schon die Lichter von Kos!“ Er sprang ins Wasser und rannte weg.
Wir schauten ihm entsetzt hinterher.
„Ich kann das nicht!“, schrie der Mann am Steuer. „Das habe ich noch nie gemacht!“
Aber es war auch sonst niemand an Bord, der sich auskannte. Vater stellte sich neben den Mann. „Wir schaffen das gemeinsam! Wir haben keine Wahl.“

Es regnete. Je weiter wir uns von der türkischen Küste entfernten, desto höher wurden die Wellen. Unser Boot hob sich auf den Wellenberg und stürzte dann wieder herunter und schlug hart auf dem Meer auf.
Alle schrien, die einen lauter, die anderen leiser.
Noah drückte sein Gesicht in Mutters Arme. Er zitterte.
Vater hatte die Arme um mich gelegt. „Ganz ruhig! Es wird alles gut! Gleich sind wir da."
Im Mondschein tauchte ein weiteres Boot neben uns auf. Es war genauso überfüllt wie unseres.
Und dann kam plötzlich diese meterhohe Welle. Unser Boot wurde hin und her geschleudert, Wasser schwappte über uns herein, wir dachten, das wäre das Ende. Aber wir hatten Glück.
Das andere Boot aber kenterte.
Die Menschen streckten ihre Arme in die Luft, schrien, bis sie in den Wellen verschwanden. Einige wurden an unser Boot gespült, klammerten sich fest, aber die Männer, die Ruder hatten, schlugen auf die Hände ein. „Loslassen, sonst kentern wir auch."
Die Schreie der sterbenden Menschen werde ich nie vergessen. Irgendwann war auch der letzte Schrei verstummt.
Auch in unserem Boot war es still. Einige Kinder weinten, alle anderen saßen stumm da und hofften, dass dieser Alptraum für uns ein gutes Ende nehmen würde.
Eine gefühlte Ewigkeit später sahen wir Land. Wir sprangen ins Wasser. Es war kalt, aber nicht sehr tief. Vater trug Noah, Mutter und ich schleppten unsere Rucksäcke hoch über dem Kopf.

Wir wateten ans Ufer, wo uns einige Männer und Frauen schon erwarteten. Sie reichten uns Decken und Handtücher. Es war kalt, weil der Wind durch unsere nasse Kleidung wehte.
Aber das alles war nicht so wichtig, Hauptsache wir hatten es geschafft. Wir waren in Europa angekommen.
Eine Frau kniete sich in den Sand und küsste den Boden. Dann hob sie die Arme zum Himmel und rief: *„Al-hamdu lillahi rabbil 'alamin!"* Allah sei Dank!
Ja, das dachten wir alle in diesem Moment.
Nur meine Mutter dachte an etwas anderes: Nie wieder Boot fahren! Und auch das würden wohl alle in diesem Moment unterschreiben. Wenn unser Boot wie das andere gekentert wäre, hätten wir es wohl nicht überlebt.

Es war noch dunkel, der Mond war die einzige Laterne am Strand. Überall lagen Schlauchboote zum Teil mit aufgeschlitztem Gummibauch. Wir mussten eine ganze Weile, die kein Ende nahm, zu Fuß gehen. Außer uns war niemand sonst unterwegs.
Die Polizisten führten uns in ein Lager. Dort konnten wir uns in einem Raum, in dem schon viele andere Menschen lagen, einen freien Platz zum Schlafen suchen. Die Matratzen waren dreckig. Es war voll eklig.
Erst am Morgen bemerkten wir den Stacheldraht, der rund um das Lager gezogen war. Wir waren in einem Gefängnis für Flüchtlinge gelandet.
Wir waren in Europa!
Wir hatten es geschafft, aber wir waren illegal!
Wir hatten kein Recht hier zu sein. Normalerweise hätten wir ein Visum beantragen müssen, um einzureisen. Wir

waren einfach so gekommen und hatten erwartet, dass man uns aufnimmt. Das war doch irgendwie sehr naiv, wie Mutter meinte.
Und wenn sie uns zurückschickten? Nach Syrien dürfen Ausländer auch nicht so einfach einreisen. In meiner Heimat war ich tot, hier lebte ich, niemand schoss auf mich, aber ich war „illegal“, was bedeutet, dass ich keine Rechte hatte und auf das Mitleid der Menschen hier angewiesen war.
Wir dürften wieder gehen, wenn wir uns registrieren ließen, sagte man uns. Das aber wollten wir nicht. Es gibt nämlich ein EU-Gesetz, nach dem man da bleiben muss, wo man zuerst registriert wird. Wir wollten es aber wenigstens bis Ungarn schaffen oder Österreich oder noch besser Deutschland.
Rafi hatte uns schon nach Beirut geschrieben, dass wir dort die besten Chancen hätten, Asyl zu bekommen und es gäbe am meisten Geld vom Staat. Vater war empört über Rafi. Er sollte sich lieber darum kümmern, Arbeit zu bekommen. Es ginge doch nicht darum, wo man einem Land das meiste Geld aus der Tasche ziehen könnte. Auch Mutter fand Rafis Einstellung bedenklich. Und das hat sie ihm auch geschrieben.
„Du hast ja keine Ahnung!“, schrieb er zurück. „Es ist alles viel schwieriger als man vorher denkt. Das werdet ihr auch noch erleben.“ Nun schreibt er nicht mehr, er ist wie Tante Hannah sehr schnell beleidigt.
Hier in Kos hatten wir zunächst Glück. Es waren zu viele Flüchtlinge, die griechische Polizei war überfordert, also durften wir gehen, ohne dass man uns registriert hatte.

Wir setzten uns in eine der vielen Liegen am Strand und taten das, was wir seit unserer Abreise aus Beirut hauptsächlich machten: Warten. Diesmal warteten wir auf eine Fähre, die uns nach Athen bringen sollte.
Ein älterer Mann ging umher und zeigte allen ein Foto von seinem Sohn, der mit einem der Boote aus Bodrum kommen wollte. Auf unserem war er nicht gewesen. Von dem gekenterten Boot erzählten wir ihm nichts.
Dann kam ein anderer Mann in einer Hoteluniform. Er sprach arabisch. Er sagte, wir dürften hier nicht sitzen. Das wären Liegen nur für die Hotelgäste. Und wir sollten auch besser ganz verschwinden. Es wären Sommerferien und die Leute machten Urlaub hier.
Ich war wütend. Mutter hat sich geschämt. Vor ein paar Jahren haben wir auch noch Urlaub in Latakia am Meer gemacht. „Daran müssen wir uns gewöhnen“, meinte Vater. „Wir kommen jetzt als Flüchtlinge, nicht als zahlende Urlauber.“
Es war heiß. Noah wollte unbedingt im Meer baden und ich auch. Aber wir hatten unsere Badeanzüge in Beirut gelassen. Noah durfte in seiner Unterhose baden, leider konnte ich das nicht tun. Stattdessen saß ich mit Mutter am Strand und beobachtete, wie einige Meter von den badenden Urlaubern entfernt, Flüchtlinge ihre dreckige Wäsche im Meer wuschen, bis sie von dem Mann in der Hoteluniform vertrieben wurden.
Überall in den Parks lagen Menschen in ihren Schlafsäcken. Jede freie Bank war besetzt von einem schlafenden Flüchtling, unter jedem Torbogen suchten sie Schatten. Rucksäcke und jede Menge Plastiktüten, Wasserflaschen,

zerrissene Kleidung. Überall lag Müll herum. Zäune wurden zur Wäscheleine, auf denen Socken, Hosen und T-Shirts trockneten, die nicht wirklich sauber geworden waren und die man zu Hause längst in den Müll geworfen hätte. Hier musste alles weitere Wochen halten. Eitelkeit kann sich ein Flüchtling nicht leisten.

Es waren Tausende auf der Insel. Sie zogen in Gruppen durch die Straße auf der Suche nach einer Unterkunft. Sie saßen vor den Restaurants und schauten den Touristen beim Essen zu in der Hoffnung, dass sie etwas abbekamen. Manche Hotels hatten Netze als Sichtschutz für ihre Gäste gespannt.

Zum Glück reichte unser Geld noch, sodass wir uns Essen auf dem Markt kaufen konnten oder bei einem der vielen fahrenden Wagen: Hotdog oder Souvlaki. Mutter verdrehte die Augen, weil wir all das ungesunde Zeug aßen, das zu Hause nie auf den Tisch gekommen wäre.Noah gefiel das. Manchmal gab es Icecream. Ich schloss dann die Augen und stellte mir vor, es wäre Vanilleeis mit Pistazien und gegenüber von mir säßest du, Fady, und lächeltest mich an. Am liebsten hätte ich die Augen nie mehr geöffnet.

Fady, wo bist du?

Die Touristen waren ziemlich genervt und unfreundlich. Aber nicht alle. Manche kamen und verteilten Obst und Spielzeug für die Kinder.

Wir hatten ein Zimmer in einem billigen Hotel gemietet. Klein und nicht besonders sauber, aber im Vergleich zu den anderen Flüchtlingen hatten wir einen Zipfel vom Paradies erwischt. Wir konnten duschen, unsere Kleidung waschen und in einem Bett schlafen.

Vater stand tagelang bei der Polizeistation an, um Papiere für die Überfahrt auf der Fähre zu bekommen. Wir durften nun sieben Tage in Griechenland bleiben. Danach waren wir wieder illegal. Aber wir wollten ja nicht bleiben. Die Schlange vor dem Eingang am Hafen nahm kein Ende.Endloses Warten in der heißen Sonne. Dann kam die Fähre. Zum Glück durften Familien mit Kindern zuerst hinauf. Jeder bekam ein Paket mit Zahnbürste, Zahnpasta, Seife und Waschpulver.

Mit der Fähre fuhren wir ganz offen in den Hafen von Athen. Auch hier mietete Vater wieder ein kleines Hotelzimmer. Während Mutter, Noah und ich meistens im Hotel blieben, war Vater den ganzen Tag unterwegs. Er musste sich um einen neuen Schleuser kümmern, da durch Mutters Weigerung in Mersin unser ganzer Plan durcheinander geraten war.

Außerdem waren wir nahezu pleite. Vater rief seinen Freund Ahmud in Beirut an und bat ihn, ihm Geld zu leihen. Ahmud versprach, sofort etwas zu schicken, aber bis zu unserer Abreise aus Athen war noch nichts angekommen.

Man konnte hier sogar gefälschte Pässe bekommen. Auf dem Omoniaplatz wimmelte es von Syrern, Irakern und Afghanen. Ein Flug nach Berlin einschließlich falschem Pass kostete 2500 Euro, aber so viel hatten wir nicht. Außerdem hörten wir, dass an den Flughäfen die Pässe inzwischen genau nach Fälschungen untersucht wurden. Dann hätten wir das Geld umsonst ausgegeben.

Noah hatte hohes Fieber. Er hustete. Vater meinte, wir müssten Medikamente auftreiben. Er wollte seinen eige-

nen Notkoffer unbedingt für die nächste Fluchtetappe nach Ungarn behalten.
In der Innenstadt von Athen gab es eine private Klinik, die von einer Hilfsorganisation betrieben wurde. Ärzte und Krankenschwestern waren Freiwillige, die in ihrer Freizeit halfen. In den Fluren saßen viele hustende Menschen und solche mit Krücken und Bandagen. Sie waren alle auf der Durchreise.
Wir trafen dort auch eine Frau aus dem Irak, die seit fünf Jahren in Athen lebte, in einem der vielen verlassenen Häuser der Stadt. Sie ernährte sich aus dem Müll, hatte kein Geld für die Weiterreise. Sie erzählte uns, dass manche schon seit Jahren darauf warteten, einen Asylantrag zu stellen. Die Behörden waren überlastet. So war sie wie viele andere immer noch illegal hier und konnte keine Hilfe beantragen, auch keine medizinische.
Um Geld zu sparen, holten wir uns mittags in der Suppenküche der syrisch-orthodoxen Kirche eine warme Mahlzeit ab. Mutter kamen die Tränen, als wir uns mit einem Plastikeimer in die Schlange der wartenden Menschen stellten.
Mir war es einfach nur peinlich.
In meinem anderen Leben, das Lichtjahre von hier entfernt lag, hatten Mutter und ich auf der anderen Seite der Tische gestanden und Suppe und Hammelbrei an die Flüchtlinge verteilt.
Abends besuchten wir den Gottesdienst. Als die ersten aramäischen Worte des Priesters durch die Kirche klangen, weinten wir alle, auch Vater, der gar kein aramäisch versteht.

Durch Mazedonien nach Serbien

Mit dem Bus ging es weiter zur Grenze zwischen Griechenland und Mazedonien. Wir hatten alle unsere neuen festen Schuhe an, denn der Schlepper hatte Vater gesagt, wir müssten viel laufen.
Später haben uns andere Flüchtlinge erzählt, dass diese Route auch „Black-Route“ oder Todesroute genannt wird. Aber das wussten wir nicht, als wir in den Bus nach Thessaloniki stiegen. Ein Mann sagte, dass man mit dem Zug durch Mazedonien fahren könne. Es koste nichts.
Aber unser Schlepper meinte, das Programm hätte die Regierung wieder eingestellt.
Das Problem war, jeder hatte irgendwas gehört oder im Internet gelesen. Ob es stimmte, zeigte sich oft erst, wenn es zu spät war, um noch was zu ändern. Es war eng im Bus und heiß. Irgendwann mussten wir aussteigen und zu Fuß weitergehen. Es nahm kein Ende. Wir waren vierzig Flüchtlinge, sehr viele junge Männer, die viel schneller gehen konnten als die Familien mit Kindern und Alten. Wir hatten alle Blasen an den Füßen, weil die neuen Schuhe schabten. Wir gingen durch Felder, durch Wälder, durch Regen und Hitze. Wir hatten immerzu Durst und zu wenig Wasser. Wir schliefen im Gras, in Parks, auf dem Boden. Unsere Schlafsäcke waren längst nass und wurden auch in der Sonne nicht mehr trocken.
Wir husteten alle. Ich hatte Fieber, aber wir mussten weiter. Meine Eltern trugen Noah abwechselnd. Immer öfter mussten wir Pausen machen. Sobald wir saßen, schliefen wir ein. Einer hielt Wache.

Manchmal folgten wir den Eisenbahnschienen. Bei Regen war es nicht so matschig. Aber es war gefährlich. Denn immer wieder rasten Züge vorbei. Dann musste man schnell sein und mit einem Satz in die Böschung am Rand springen. Die Schienen führten uns einmal durch eine enge Schlucht. Zu beiden Seiten hohe Felsen. Wenn hier ein Zug gekommen wäre, hätte er uns mitgeschleift. Es gab rechts und links keine Möglichkeit auszuweichen. Noch schlimmer waren die Tunnel. Wir hatten keine Ahnung, wie lang sie waren und auch hier wäre ein Zug tödlich gewesen. Wir hatten Glück. Seitdem wissen wir, warum diese Strecke auch die Todesroute genannt wird.

Es gab Tage, da war alles nass. Von oben aus den Wolken strömte Wasser, von den Bäumen tropfte es auf uns herab, von unten spritzten unzählige Füße schlammiges Wasser aus den Pfützen. Schnupfen, Husten, Halsschmerzen. Vaters Medikamentenvorrat war fast aufgebraucht.

Wären wir doch zu Hause geblieben!

Zum ersten Mal hat Mutter das ausgesprochen, was wir alle schon längst dachten. Niemand machte mir einen Vorwurf, nur ich mir selber. Denn wegen mir mussten wir ja fliehen. Es war alles meine Schuld! Ich war froh, dass es regnete, so konnte niemand sehen, dass das Wasser in meinem Gesicht Tränen waren.

Nun war es zu spät, umzukehren. Ein Zurück gab es nicht mehr. Wir hatten noch in Tripoli mit Großvater telefoniert und er hatte uns gesagt, dass die Krankenhausleitung angerufen hatte, um zu fragen, ob Vater krank wäre, weil er nach dem Urlaub nicht zurückgekommen war. Inzwi-

schen wussten sie Bescheid, dass er fort gegangen war und würden ihn nicht einfach so zurückkehren lassen. Und ich konnte schon mal gar nicht zurück.
Auch nachts war es nicht ungefährlich. Wir trafen auf Flüchtlinge, die ausgeraubt worden waren. Von Räuberbanden, die wussten, dass viele Flüchtlinge ihr gesamtes Vermögen bei sich hatten. Wer sich wehrte, wurde erschlagen.
In manchen Nächten hörten wir, wie sich irgendwo in der Dunkelheit Menschen prügelten. Dann kuschelten wir uns eng aneinander und hofften, dass man uns in Ruhe ließ. Die meisten von uns wollten sich nicht einmischen. Wer in eine Prügelei geriet, musste alleine damit klar kommen. Meist wurde niemand ernsthaft verletzt, abgesehen von blauen Flecken.
Anders war es bei Sami. Er war vierundzwanzig, kam aus Afghanistan und war alleine unterwegs. Wir hatten ihn im Bus nach Thessaloniki kennengelernt, als er Mutter seinen Platz angeboten hatte.
Sami hatte etwas, um das ihn alle anderen beneideten: ein Aufladegerät für sein Handy, das man abends nicht in die Steckdose im Hotel stecken musste, sondern das sich mit Sonnenergie wieder aufladen ließ. Das war sehr kostbar, wenn man keine Steckdose zur Verfügung hatte. Anfangs hat er das Gerät noch verliehen. Das sprach sich schnell herum und jeder wollte es haben.
Zu Hause waren unsere Handys nur Spielzeug, um zu chatten, zu telefonieren und um Selfies zu verschicken. Jetzt waren sie unser kostbarster Besitz. Auf ihnen waren nicht nur unsere Erinnerungen als Fotos, sondern auch

die Telefonnummern von Freunden und Schleppern, die uns auf der Reise weiterhelfen konnten, abgespeichert. Dort, wo wir Internet hatten, konnten wir Nachrichten und Landkarten abfragen und um neues Geld bitten. Wir konnten Kontakt zu unserer Familie zu Hause halten. Und wenn wir uns unterwegs verlieren würden, könnten wir einen neuen Treffpunkt ausmachen.
Wer sein Handy verliert, hat auf dieser Reise keine Chance. Die zweitschlimmste Katastrophe ist ein leerer Akku.
Wie gesagt, Sami war sehr großzügig. Aber als die Leute anfingen, das Aufladegerät untereinander weiterzugeben, so dass er den Überblick verlor, wo es gerade war, bekam er Angst, dass es demnächst gar nicht wieder zurückkommen würde.
Und so weigerte er sich, als zwei Männer, die wir nicht kannten, sich das Gerät ausleihen wollten. Als Sami in der Nacht aufstand, um ein Stück von der Gruppe entfernt an einen Baum zu pinkeln, lauerten sie ihm auf und wollten ihm sein Gerät abnehmen.
Horror, wenn man nachts mal muss!
Als er sich wehrte, zog der eine sein Messer und stach auf ihn ein. Dann holten sie das Aufnahmegerät aus Samis Jackentasche und rannten davon.
Vater verband Samis Bein, das stark blutete. Am nächsten Morgen hatte er Fieber. Er konnte nicht weiter mitgehen. Also mussten wir Sami irgendwo unterbringen, bis er soweit war, um weiterreisen zu können. Vater und ein weiterer Mann stützten ihn bis zum nächsten Dorf, wo wir bei einem Bauernhof um Hilfe baten.

Die Familie war bereit, sich gegen fünfzig Euro um Sami zu kümmern. Der Sohn des Bauern sprach etwas englisch und so versprach er, Sami, sobald er gesund war, zum Bahnhof zu bringen, damit er bis zur Grenze nach Serbien fahren konnte.
Vater war etwas verlegen. „Das Geld für die Fahrkarte haben wir nicht."
Der junge Mann war sehr verwundert. „Aber das kostet doch nichts. Ich weiß sowieso nicht, warum ihr zu Fuß geht!"
Nun waren wir verwundert.
Und dann stellte sich heraus, dass unser Schlepper uns betrogen hatte. Vater war stinksauer. Er hatte sich auf die Ehrlichkeit des Schleppers verlassen. Der junge Mann aus dem Bus hatte recht gehabt. Die mazedonische Regierung hatte bereits im Juni ein neues Gesetz beschlossen: Weil zu viele Flüchtlinge auf ihrem Weg über die Eisenbahnschienen von Zügen erfasst, verletzt oder sogar getötet worden waren, durften sie nun für die Durchreise nach Serbien alle öffentlichen Verkehrsmittel umsonst benutzen. Der Schlepper hatte unsere Unwissenheit ausgenutzt, um mehr Geld zu verdienen.
Immerhin konnten wir wenigstens die restlichen Kilometer bis zur Grenze mit dem Zug weiterfahren.
Sami wollte uns anrufen, sobald er Belgrad erreicht hatte. Aber wir haben nie wieder etwas von ihm gehört.
In Tabanovce, wenige Meter von der serbischen Grenze entfernt, hielt unser Zug an. Am Bahnsteig warteten Mitarbeiter vom Roten Kreuz. Wir bekamen Wasser, Milch und ein Paket mit Essen.

Dann liefen wir weiter. Die Grenze verläuft mitten durch die Felder. Niemand hielt uns auf.

Durch Serbien nach Ungarn

Auch in Serbien mussten wir erst mal zu Fuß weiter. Helfer an der Grenze haben uns erzählt, dass afghanische Flüchtlinge in den Wäldern auf andere Flüchtlinge warteten und sie überfielen. Sie hatten kein Geld mehr und keine I-Phones wie wir.
Darum sollten wir möglichst in Gruppen zu mindestens fünfzig Personen marschieren. Also warteten wir, bis genügend Leute da waren. Das hat nicht lange gedauert. Es waren Massen von Menschen auf unserem Weg unterwegs, viele von ihnen aus Syrien.
Das hätten wir nie gedacht. Ein ganzes Volk rannte seinem Präsidenten davon. Aber ihm schien das egal zu sein. Vielleicht merkt er es erst, wenn alle weg sind.
Nachts lagerten wir dicht beieinander in den Wäldern. Aus Zweigen machten wir ein kleines Feuer, denn wenn die Sonne unterging, wurde es kalt. Früher hatte Mutter immer geschimpft, weil Vater so viel rauchte. Zigaretten hatte er keine mehr, aber seine Streichhölzer konnten wir gut gebrauchen. Manche verbrannten Plastikflaschen und Tüten. Das stank fürchterlich.
In den Dörfern, durch die wir zogen, schenkten uns die Bewohner Wasser, Brot und Fischkonserven. Das machte satt und ließ sich im Rucksack gut transportieren, aber ich werde nie wieder Fisch aus der Dose essen.
Manchmal tauchten aber auf den Dorfstraßen auch Men-

schen auf, die ihre Fäuste schüttelten und uns beschimpften und mit Schaufeln und Besen bedrohten. Auch ohne die Worte zu kennen, verstanden wir, was sie uns sagen wollten: „Haut ab!“ Die Dörfer sahen ärmlich aus. Hier gab es keine Geschäfte, wo man etwas zu essen hätte kaufen können. Und wir waren so viele. Sie hatten wohl Angst, wir könnten hier bleiben und ihnen das Wenige, das sie hatten, wegnehmen.
Laufen, laufen, laufen. Mein ganzes Leben vorher bin ich nicht so viel gelaufen. Wir hatten alle blutige Blasen an den Füßen. Laufen über Felder und Wiesen, durch Dörfer und Städte und wieder Felder und Wiesen. Ein Fuß vor den anderen, es nahm kein Ende.
Manchmal fuhren Taxis neben uns. „100 Euro bis Belgrad!“, schrien die Fahrer. Wir sahen ihnen sehnsüchtig nach. Es war zu teuer für uns. Wir hatten kein Geld mehr.
Endlich kamen wir in Belgrad an. Auch hier waren die Parks in der Innenstadt gefüllt mit Flüchtlingen. Aber hier gab es wenigstens Tankwagen für Trinkwasser und sogar Toiletten. Viele Einwohner brachten Essen vorbei.

Vater mietete hier kein Hotelzimmer, weil wir so schnell wie möglich weiter mussten. Es gab Gerüchte, dass die Ungarn die Grenze schließen würden, weil zu viele Flüchtlinge in ihr Land wollten. Es gab auch Gerüchte, dass jeder Flüchtling als Illegaler für drei Jahre ins Gefängnis gesteckt würde.
Es waren aber nur Gerüchte, wir glaubten sie nicht so richtig. Wie wollten sie die Grenze schließen? Mit einem Zaun? Stacheldraht und Soldaten? Das war eigentlich

unvorstellbar! Aber man konnte ja nie wissen. Also mussten wir uns beeilen.
Vater stellte sich in die lange Schlange vor der Western-Union-Bank am Belgrader Bahnhof. Endlich! Ahmud hatte Geld geschickt. Wir waren gerettet.
Bis zur Grenze nach Ungarn waren es noch 170 Kilometer. Die konnten wir unmöglich laufen. Wir wollten mit dem Zug, dem Bus oder mit dem Taxi weiter.
Egal wie, aber nicht laufen!
Es gab keine festen Preise für Taxis. Die Preise stiegen, je mehr Flüchtlinge kamen. Jeder wollte sein Geschäft mit uns machen. Zum Glück hatten wir nun wieder Geld und konnten uns einen Bus leisten.
Es ging bis kurz vor die ungarische Grenze, wo es ein Durchgangslager speziell für Flüchtlinge gab. Die Hilfsorganisation Care schenkte Tee aus. Es gab sogar zwei Grillbuden, wo man Hamburger und gegrillte Würstchen kaufen konnte. Wir machten aber nur eine kurze Pause. Dann liefen wir auf den Bahngleisen weiter. Schon von weitem konnten wir die Massen sehen, die versuchten, auf die ungarische Seite zu kommen.
Als wir aber näher kamen, sahen wir ihn: den meterhohen dichten Stacheldrahtzaun, der die Grenze zu Ungarn absperrte. Zum ersten Mal auf unserer Flucht stießen wir auf einen Zaun, der uns daran hindern sollte, weiterzugehen.
Ziemlich fassungslos standen wir da.
Es gab nur einen schmalen Durchgang und der wurde von Soldaten abgesperrt. Davor protestierten die Flüchtlinge. Wir stellten uns in die Menge, wollten unter den

ersten sein, falls die Soldaten die Grenze doch öffneten. Stattdessen wurden wir mit Wasser und Tränengas beschossen. Die letzten beiden Tage hatte es nicht geregnet. Endlich war alles an mir trocken gewesen und nun war alles wieder nass.
Es sah nicht so aus, als ob wir an diesem Abend noch weiterkommen würden. Wir gingen ein Stück zurück und legten uns auf den Boden. Mutter, Noah und ich, wir hatten keine Kraft mehr. So schliefen wir einige hundert Meter von der ungarischen Grenze entfernt ein. Neben uns andere erschöpfte Flüchtlinge.
Ich träumte davon, wieder in einem Bett zu schlafen. In meinen Träumen war es warm und trocken. Ich träumte von zu Hause, dem Geruch von Jasmin im Innenhof, von meinen Großeltern, meinen Freundinnen, von dir, Fady. Als ich meine Augen öffnete, kehrte ich zurück in den Horror. Schreiende Kinder, schimpfende Erwachsene und alle waren müde, ängstlich, hungrig, durstig und durchnässt. „Das Leben ist kein Traum!“, sagte Mutter, als ich meine Augen wieder schloss und mich weigerte, sie erneut zu öffnen.
Ich weiß, aber manchmal braucht man einen Traum, um den nächsten Tag zu überleben.
Und dieser Tag sollte der bislang schlimmste auf unserer Flucht werden.
Gemeinsam mit anderen Flüchtlingen standen wir dann wieder auf serbischer Seite direkt am Grenzzaun. Auge in Auge mit den ungarischen Soldaten, die allerdings ihr Gesicht unter einem riesigen Helm mit Brille versteckt hatten. Ihren Mund verdeckten sie mit einem blauen

Mundschutz wie Ärzte bei einer OP. Noah flüsterte mir zu, dass sie wie Figuren aus Star Wars aussehen würden.

Mutter meinte, sie hätten Angst, dass wir ansteckende Krankheiten einschleppten. Oder Ungeziefer. Ich fühlte mich sehr schlecht. Wir waren doch nur müde. Wenn Erschöpfung eine ansteckende Krankheit wäre, dann müssten die Bewohner in Ungarn Angst haben und die Polizisten einen Ganzkörperschutz tragen wegen der Milliarde an Müdigkeitsviren, die jeder Flüchtling mit sich schleppte.

Nun waren wir also hier nach wochenlanger Flucht mit Boot und Bus, hatten blutige Blasen an den Füßen und nun, wo wir es fast geschafft hatten, machten sie die Grenze zu. Einfach so!

Wir waren wütend, aber vor allem erschöpft. Wir warteten den ganzen Tag. Friedlich, geduldig, voller Hoffnung, dass sie zur Seite gehen und uns durchlassen würden. Sie konnten das doch nicht wirklich ernst meinen mit der Grenzschließung.

Sie konnten es!

Von Stunde zu Stunde kamen mehr Flüchtlinge an. Immer wieder versuchten einzelne die Linie der Soldaten zu durchbrechen. Sie wurden mit Schlagstöcken zurückgetrieben. Auch Familien mit Kindern.

Es wurde schon dunkel, als Vater uns zuwinkte, mitzukommen. „Ein paar Kilometer von hier gibt es eine Stelle, wo man durch den Zaun kann."

Wir stolperten hinter ihm her. Auf der einen Seite ein Maisfeld, wo wir uns verstecken sollten, wenn Soldaten

kamen, auf der anderen der Stacheldraht, eine riesig dicke Rolle, die die Grenze markierte.
Auch andere hatten die Nachricht vom Loch im Zaun gehört. Wir beeilten uns. Es war nur eine Frage der Zeit, wann die Lücke entdeckt und wieder geschlossen würde.

Dann sahen wir sie. Jemand hatte den Stacheldraht mit einer Spezialschere aufgeschnitten und auseinander gebogen.
„Da hat jemand seinen Werkzeugkasten mitgeschleppt!",witzelte ein Mann hinter uns. Keiner lachte. Wir waren dem Unbekannten sehr dankbar.
„So, jetzt los!", sagte Vater: „Wenn irgendwas passiert und wir getrennt werden, geht ihr weiter. Wir treffen uns dann in Budapest."
Mutter ging als Erste, sie bückte sich nicht tief genug, blieb mit dem Rücken am Stacheldraht hängen. Sie riss sich los, die Hälfte vom T-Shirt blieb hängen, aber sie war durch. Dann kam Noah. Er schrie laut auf, als die Stacheln einen tiefen Schnitt in seine Haut machten.

„Pssst", machte Mutter und zog ihn auf die andere Seite durch, nahm ihn in den Arm und hielt ihm den Mund zu. Ich machte mich so klein wie möglich und kam ohne Probleme durch.
Als ich aufstand, blickte ich direkt in den Lauf eines Gewehrs. Der Soldat machte mir ein Zeichen, dass ich abhauen sollte, aber ich stand wie angewurzelt da. Sein Kollege legte das Gewehr auf Vater an, der sich gerade bückte, um durch den Zaun zu kriechen.
„Lauft weg!", schrie Vater uns zu. „Wir treffen uns in Bud-

apest." Er winkte uns ein letztes Mal zu und verschwand im Maisfeld.
Der größte Alptraum wurde wahr: Wir hatten einen von uns verloren.

Ankunft in Budapest

Als die beiden Soldaten sich zu uns umdrehten, liefen wir los, quer durch die Felder bis zu einer Straße. Hier trafen wir auf ein Taxi, das sofort neben uns anhielt. Der Fahrer versprach, uns für 100 Euro nach Budapest zu bringen. Mutter zögerte. Sie hatte nur noch 500 Euro. Vater hatte das Bargeld aufgeteilt. Ich bekam 100 Euro, meine Eltern jeweils 500 Euro. Das war alles, was wir dabei hatten. Und natürlich ihre Kreditkarten. Aber die waren hier nutzlos.
Ein Grenzsoldat kam näher.
Der Fahrer schubste uns ins Auto. „Schnell! Schnell!!"
Auf halber Strecke hielt er an.
„50 Dollar, damit ich weiter fahre."
Mutter protestierte.
Der Fahrer stieg aus und machte die Hintertür auf. „Aussteigen oder zahlen."
Mutter zahlte.
Als wir in Budapest am Keleti-Bahnhof ankamen, dort wo die internationalen Züge abfuhren, herrschte Chaos. Andere Flüchtlinge erzählten uns, dass Österreich und Deutschland alle Flüchtlinge aufnehmen würden. Deutschland würde sogar Sonderzüge nach Wien schicken, um die Flüchtlinge abzuholen. Man brauchte kein

Visum mehr. Die Polizei, die bis dahin den Bahnhof abgesperrt hatte, zog sich zurück. Tausende stürmten die Gleise und in die Züge nach Wien.
Wir standen ziemlich hilflos in dem ganzen Chaos. Das wäre unsere Chance gewesen, aber wir mussten bleiben, auf Vater warten. Hinterher stellte sich heraus, dass die Polizei an der Grenze zu Österreich alle ohne Visum aus den Zügen holte. Diese Flüchtlinge saßen nun erst mal in einem Ort mit Namen Hegyeshalom fest, immer noch in Ungarn.
Von den oberen Gleisen führten Treppen nach unten. Dort zwischen Metro und Bahnhof war ein großer freier Platz. Hier lagen die Flüchtlinge. Es waren immer noch Tausende. Die besten Plätze waren an der Wand oder um eine der vielen Säulen herum.
Wir hatten Glück. Da so viele Menschen in die Züge stürmten, waren viele der begehrten Plätze frei geworden. Trotzdem war es noch sehr eng. Wir lagen nebeneinander wie die Sardinen in der Dose, die wir tagelang gegessen hatten.
Auf dem Betonboden war es sehr kalt. Also machte ich mich auf den Weg in den nächsten Supermarkt, um wenigstens Kartons zu besorgen, auf die wir uns legen konnten. Mutter und Noah warteten unten, damit der Platz nicht verloren ging.
Hinten im Supermarkt an den Kassen waren leere Kartons aufgestapelt. Ich suchte mir gerade die besten heraus, als ein Mann mich laut schimpfend beiseite schubste und mir die Kartons wegnahm. Die Frau an der Kasse aber lächelte mir zu, stand auf und drückte mir die Kar-

tons wieder in die Hand. Außerdem noch eine Tafel Schokolade und eine Tüte mit Luftballons. „Merci!“, sagte ich und sie lächelte wieder.
Morgens, mittags und abends gab es am Bahnhof etwas zu essen, wenn man es schaffte, bis zur Ausgabe zu kommen. Die Schlange war unendlich lang. Mutter und ich wechselten uns ab. Einer von uns musste immer auf Noah aufpassen, damit wir ihn nicht auch noch verloren.

Mutter schlief viel, Noah spielte mit seinen Luftballons und fand schnell Freunde. Ich saß auf meinem Karton und beobachtete sie.
Es war so furchtbar laut hier. Menschen schrien, liefen umher. Dazwischen hatten einige ihre Tücher auf den Boden gelegt und beteten. Ich wusste nicht, woher sie kamen und wer sie waren. Hier unten waren wir alle gleich und es spielte keine Rolle, ob Muslim, Christ, Kurde, Syrer, Iraker.
Dachte ich anfangs. Aber auch hier unten waren die Gruppen sorgfältig getrennt voneinander. In der einen Ecke saßen die Iraker, getrennt davon die Syrer. Die Afghanen in der Ecke zum Metroeingang.
Nur eins hatten wir gemeinsam. Wir waren alle auf der Durchreise. Hier bleiben wollten wir nicht.
Der Akku von meinem I-Phone war leer. Jetzt wäre Samis Sonnenaufladegerät sehr nützlich gewesen. Helfer hatten Stromkabel in einer Ecke verlegt, aber da war die Schlange noch länger als bei der Essensausgabe. Wer am meisten drängelte, siegte. Ein Helfer hat mir dann erlaubt, mein I-Phone im Büro aufzuladen. So konnte ich Großvater anrufen. Er weinte vor Freude, dass wir es

soweit geschafft hatten. Ich habe ihm nicht gesagt, dass wir Vater verloren haben.
Vater meldete sich nicht. Wir riefen ihn immerzu an, aber nicht einmal die Mailbox war eingeschaltet. Wahrscheinlich war sein Akku leer.
Und dann kam die ungarische Polizei. Sie hat uns aus dem Bahnhof getrieben und ihn abgesperrt. Wir mussten durch ein Spalier von Polizisten nach draußen laufen.

Und da standen wir nun mitten zwischen den frustrierten Flüchtlingen, die alle eine Fahrkarte nach Deutschland gekauft hatten. Aber die Sonderzüge nach Deutschland waren eine einmalige Aktion gewesen. Jetzt war es vorbei. Nur noch Touristen und Ungarn kamen durch die Sperre der Polizei in den Bahnhof.
Und die teuren Tickets? Das interessierte niemanden. Sie waren wertlos.
Viele Flüchtlinge haben wütend protestiert. „Freedom!! Freedom!“, riefen sie. Und „Germany!“. Und sie haben gepfiffen, so laut und durchdringend, dass ich mir die Ohren zugehalten habe. Die Kinder weinten.
Wir saßen im Dunkeln auf der Straße. Vor uns die dichte Reihe der Polizisten. Schwarze Hose, weißes Hemd, rotes Cap. Ich hatte keine Angst vor ihnen. Keine Angst, dass sie mich mitnehmen und foltern könnten wie die Geheimpolizei in Damaskus. Sie schauten durch uns durch, nicht unfreundlich, irgendwie wie Roboter, die keine Gefühle haben, nur dastehen und auf Befehle warten.
Wir hätten uns in Ungarn registrieren lassen müssen, eigentlich ja schon in Griechenland. Aber wir wollten wie alle anderen inzwischen auch nach Deutschland.

Abends kamen ungarische Menschen an den Bahnhof. Sie waren zornig! Sie schrien uns an. Sie wollten, dass wir weggehen. Das hätten wir ja gerne gemacht, aber wie, wenn keine Züge fuhren?
Draußen war es kalt, unsere warmen Jacken waren im Rucksack von Vater. Überall lagen Menschen herum, die meisten schliefen, ihre Rucksäcke und Plastiktüten waren ihre Kopfkissen.
Am nächsten Tag durften wir in den Bahnhof zurück ...

Den Rest kennst du ja schon, Fady. Wir stiegen in den Zug der Freiheit, der uns beinahe ins Gefängnis, ins Flüchtlingscamp gebracht hätte.
Und nun sitzen wir hier im Wald und warten, dass es dunkel wird.
Es kommen keine neuen Züge mehr an. Die Polizisten haben sich verzogen, der Bahnhof liegt ganz verlassen da. Wir werden jetzt aufbrechen, zurück zum Bahnhof nach Budapest. Denn nur dort wird uns Vater finden und dort fahren auch die Züge in die Freiheit ab. Obwohl ab jetzt immer die Angst mitfahren wird, ob es wieder ein Betrug sein wird.

*„Du magst den vergessen, mit dem du gelacht,
aber nie den, mit dem du geweint hast.“*
(arabische Weisheit)

Teil 4

Von Ungarn über Österreich nach Deutschland
3. September bis 19. September 2015

Budapest, Keleti-Bahnhof, 3.9.2015, abends

Wir sind wieder da, wo wir vor acht Stunden aufgebrochen waren. Und dass wir hier sind und nicht im Camp, ist ein großes Glück, für das wir dankbar sein müssen.

Als es dunkel wurde, hatten wir uns auf den Weg durch die Felder bis zum nächsten Dorf gemacht, wo wir ein Taxi fanden, das uns zurück nach Budapest brachte.
Und dann passierte es: Mutter trug Noah auf dem Arm, als wir im Bahnhof wieder die Treppe nach unten gingen, um uns einen neuen Schlafplatz zu suchen. Sie stolperte und fiel einige Stufen hinunter. Dabei hat sie sich den Fuß verdreht und den Kopf aufgeschlagen. Noah blutete auch am Kopf.
Einer der Helfer am Bahnhof war Arzt und hat Mutter und Noah verbunden. Sie müssen nun beide liegen, wahrscheinlich haben sie eine Gehirnerschütterung. Mutters Fuß ist zum Glück nicht gebrochen, aber sie soll ihn ein paar Tage nicht belasten.
Das war es mit dem Ausflug in die Freiheit. Trotzdem sind wir froh, wieder hier zu sein.

4.9.2015

Heute ist mein 16. Geburtstag und dein 2. Todestag, Qashto. Sind wirklich erst zwei Jahre vergangen seit dem schrecklichen Anruf? Es ist so viel passiert seitdem, aber es tut immer noch so weh.
Statt Geburtstag zu feiern, wäre ich beinahe verhaftet worden. Rund um den Bahnhof gibt es viele Geschäfte und kleine Restaurants. Ich wollte nur aus dem Supermarkt Wasser holen, weil Mutter Fieber bekommen hat.

Außerdem Seife und einen neuen Waschlappen. Und für Noah einen Hamburger bei McDonald´s.
Auf dem Rückweg sprachen mich zwei Polizisten an.
„You go station", sagten sie und zeigten auf den Bahnhof. „Here not allowed!!! Not going here!" Der eine legte seine Hände übereinander, zum Zeichen, dass sie mir sonst Handschellen anlegen würden.
Ich dachte, mein Herz würde stehen bleiben. Ich nickte und rannte zum Bahnhof zurück. War das auch ein neues Gesetz, dass wir jetzt nicht mehr auf die Straße durften?

Ich fragte einen Helfer, aber der hatte noch nichts von einem neuen Gesetz gehört. Was nicht heißen musste, dass es das nicht gab. Mutter meinte, wir sollten besser davon ausgehen, dass man verhaftet wird, wenn man den Bahnhof verlässt.
Neben uns lag eine Familie mit drei Kindern aus dem Irak. Die hatten auch schon davon gehört. „Die wollen uns loswerden. Ins Camp oder ins Gefängnis", sagte die Frau.
„Warum lassen sie uns dann nicht weiterfahren?"
„Weil es niemanden gibt, der uns aufnimmt."
Trotzdem werde ich weiter zu McDonald´s gehen. Es gibt dort freies W-Lan und damit die Möglichkeit, Informationen zu bekommen. Genauso wichtig wie Essen und Trinken sind für uns die richtigen Informationen. Am schlimmsten sind die vielen Gerüchte, die aus Angst geboren sind und Angst machen.
Aber ich werde keinen Rucksack mitnehmen. Rucksack steht für Flüchtling. Und ein Flüchtling zu sein, ist hier außerhalb des Bahnhofs gefährlich.

Ich habe Bilder im Internet gefunden, Bilder vom Bahnhof in München. Die Menschen haben geklatscht, als die Flüchtlingszüge angekommen sind. Sie haben Bananen verteilt und Teddys an die Kinder. Aber es gab auch andere Bilder mit Plakaten, auf denen stand: „No migrants!"
Vielleicht liegt es einfach daran, dass wir zu viele sind.

Ich warte auf eine Mail von Fady. Bis jetzt vergeblich. Aber Zarah schreibt jeden zweiten Tag. Sie ist traurig, weil ich nicht mehr da bin, und hofft, dass wir bald zurückkommen können. Ich hoffe das auch, weil es nicht gut ist, wenn man die Hoffnung ganz verliert.
Wo ist der Unterschied zwischen träumen und hoffen?

Ich würde so gerne abends nach oben auf die Straße gehen, um die Venus zu suchen. Aber Mutter hat es verboten. Es ist zu gefährlich.

5.9.2015

Ach Qashto, ich vermisse deine Kekse mit Dattelfüllung, dein Tabbuleh und die gefüllten Weinblätter.
Aber wir essen hier ja nicht, um zu genießen. Und darum darf ich darüber nicht zu lange nachdenken, sonst bekomme ich noch mehr Hunger. Richtig satt werden wir nicht. Wir essen alles auf, was wir angeboten bekommen, aber es reicht einfach nicht. Es sind zu viele Flüchtlinge hier unten. Die Helfer schaffen es nicht. Und wir können nicht unser ganzes Geld für Hamburger ausgeben.
Wir haben uns das alles ganz anders vorgestellt. Wir hatten ja Geld, aber wir haben nicht gewusst, dass unsere Flucht so lange dauern würde.

Und wir haben auch nicht gewusst, dass es sooo viele Menschen sind, die flüchten.
Noch schlimmer ist das mit dem Wasser. Helfer haben eine kleine Wasserleitung verlegt. Es gibt nur vier Toiletten für dreitausend Menschen. Das Wasser reicht nicht und das auf der Toilette kann man nicht trinken. Die Toilette ist sooo dreckig!
Es ist eklig.
Und die Berge aus Müll überall! Plastiktüten, dreckige Windeln, Essensreste, alles stapelt sich an jeder freien Ecke. Aber wir wissen ja auch nicht, wohin damit.
Gibt es hier unten Ratten?
Wenn jetzt ein Dschinn vorbeikäme, würde ich mir eine Dusche wünschen!

5.9. abends

Auf einmal packten sie ihre Sachen und marschierten los. Hunderte von Flüchtlingen. Zu Fuß. Richtung Österreich. Ich habe oben gesessen und ihnen nachgesehen. Ich wäre gerne mitgegangen. Aber das hätten wir nicht geschafft.
Mutter und Noah schlafen den ganzen Tag. Das ist gut für sie, aber schlecht für mich. Ich kann nicht schlafen. Ich langweile mich. Auf dem Platz hier unten wird es nie dunkel. Die ganze Nacht bleiben die grellen Lichter an. Mutter zieht sich die Decke über den Kopf. Aber das kann ich nicht. Wenn ich Stimmen höre, ohne die dazu gehörenden Körper zu sehen, bin ich wieder mittendrin in meinem schlimmsten Alptraum.
Es ist nie still hier unten. Viele schlafen, aber es gibt zu viele, die nicht einschlafen können. Sie reden, rufen, zan-

ken sich, andere wandern umher, Kinder spielen Fußball oder fangen zwischen den Säulen.
Tag und Nacht, das macht hier unten keinen Unterschied mehr. Nur nachts sind keine Helfer da. Ich liege mit dem Kopf auf meinem Rucksack. Immer wieder wachen morgens Leute auf und ihr Rucksack ist weg.

6.9.2015

Mutter und Noah geht es besser. Noah darf aber noch nicht herumlaufen. Ich habe für ihn von den Helfern Wachsmalstifte und einen Papierblock geholt. Jetzt malt er ein Bild nach dem anderen. Explodierende Bomben, brennende Häuser, Stacheldraht und Männer mit Gewehren.
„Warum malst du nicht was anderes? Mal was … Schönes!", hat Mutter gefragt.
Er hat sie gar nicht verstanden. In seinem Kopf gibt es im Moment nichts Schönes. Noah malt und ich schreibe. Wir sperren das Furchtbare aufs Papier und dann werden wir irgendwann wieder Platz in unserem Kopf für etwas Schönes haben. Aber das wird sicherlich noch eine Weile dauern.

6.9. abends

Heute fuhren Züge ab, angeblich nach Deutschland. Viele der Flüchtlinge sind mitgefahren. Viele Familien mit Kindern nicht. Wissen wir denn, ob sie wirklich nach Deutschland fahren? Oder nicht doch in ein Camp hier in Ungarn? Über die Flüchtlingscamps erzählt man sich Schreckliches. Verschimmeltes Essen und Ratten soll es

dort geben. Ob das stimmt, weiß ich nicht, aber mir reicht es schon, dass es dort einen Stacheldrahtzaun um das Lager gibt.
Mutters Fuß hat sich entzündet. Heute waren Helfer vom Roten Kreuz da, auch ein Arzt. Er hat sich Mutters Fuß angeschaut und ihr Tabletten gegeben. Sie muss sich weiter ausruhen.
Wir haben uns aneinander gekuschelt und Fotos auf unseren Handys angeschaut. Wir haben nur noch die Erinnerungen. Dann erzählte Mutter von Familienfesten, als alles noch gut war. Als wir alle noch zusammen waren. Und dann fragten wir uns, was wir hier eigentlich machten.
Jetzt schlafen sie.
Ich will nicht einschlafen. Wenn ich die Augen schließe, kommen die Träume. Wie gerne möchte ich von dir träumen, Fady, aber die dunklen Träume sind stärker und füllen meinen Schlaf mit Angst. Ich wünschte, ich hätte ein Foto von dir gemacht. Aber daran haben wir beide nicht gedacht.

7.9.2015

Es regnet und hört gar nicht mehr auf. Wir haben Glück, weil über uns ein Dach ist, aber die Menschen in der Mitte des Platzes werden nass. Sie rücken zu uns an den Rand. Es wird noch enger.
Neben mir liegen nun drei junge Männer. Sie sind eigentlich ganz freundlich. Der eine spielt Fußball mit Noah und besorgt heißen Tee für Mutter.

7.9. nachts

Nachts kommen die Alpträume und wenn ich die Augen öffne, fliegen sie davon. Es sind ja zum Glück nur Träume. Aber heute war einer ganz real. Alle schliefen, ich auch. Dann wurde ich plötzlich wach.

Eine Hand streichelte über meinen Körper, meine Brust. Ein leises Stöhnen. Ich wollte die Hand wegstoßen, konnte mich aber nicht bewegen. Gelähmt vor Angst. Die andere Hand tastete sich weiter nach unten vor.

Da fing ich an zu schreien. So laut, dass es die anderen Geräusche übertönte. Mutter schreckte hoch. Der Vater aus dem Irak sprang auf, riss den jungen Mann, der heute Nachmittag mit Noah gespielt hatte, hoch und schlug ihm mit der Faust mehrmals ins Gesicht. Aus seiner Nase kam Blut, er taumelte und fiel hin.

Inzwischen hatten sich andere Männer um uns herum versammelt. Als seine Freunde auf den Vater losgehen wollten, wurden sie gepackt und beiseite gedrängt.

Es sind viele Familien in unserer Ecke und die Männer, die mich beschützen, haben auch Töchter.

„Ihr solltet besser einen Hidschab tragen!“, meinte der Vater aus dem Irak zu meiner Mutter. „Dann könnten wir so tun, als ob ihr zu meiner Familie gehört. Eine Frau alleine, das ist immer gefährlich.“

Mutter und ein Hidschab! Ich hatte ja schon einen getragen, als ich mit Fady unterwegs war. Es war ein Schutz, mehr nicht. Und wenn mich das hier vor einem neuen Angriff schützen würde, dann hatte ich damit kein Problem. Auch bei Mutter saß der Schock so tief, dass sie das Angebot des Irakers annahm und sich von seiner

Frau und den Töchtern für sich und mich einen Hidschab auslieh.
Sie sieht sehr fremd aus damit, aber wir fühlen uns komischerweise ein bisschen sicherer. Der Iraker hat auch organisiert, dass sich statt der jungen Männer eine Familie neben uns legt. Ab jetzt werden einige Familienväter immer in der Nacht Wache halten.
Trotzdem kann ich nicht wieder einschlafen. Ich habe Angst vor den Ratten, aber sie sind nicht das Schlimmste, was einem hier unten passieren kann.

8.9.2015

Der Dschinn muss meinen Wunsch gehört haben!
Morgens kam eine alte Frau mit einer Helferin zu uns. Ungarin. Ich hatte sie schon öfter hier im Bahnhof beobachtet. Sie hatte Kleidung verteilt und Suppe ausgeschenkt.
Sie sprach Mutter auf Englisch an. Sie sagte, wir könnten mitkommen. Zum Duschen, wenn wir wollten.
Ich verstand erst gar nicht, was sie wollte. Die Helferin sagte, wir könnten das ruhig annehmen. Die Frau wollte nur helfen und hatte sich gedacht, dass es für uns Frauen doch sehr schlimm ist, wenn man nicht duschen kann.

Mutter und ich schauten uns an. Das war ein bisschen peinlich. So als wären wir obdachlos, aber das waren wir ja auch.
Wir gingen also mit ihr. Sie wohnte ganz in der Nähe des Bahnhofs in einer großen Wohnung. Das Duschen war wie ein Wasserfall im Paradies. Wasser!!!! Warmes Wasser. Duftende Duschcreme! Duftende Handtücher!

Sie gab uns Bademäntel, während unsere Wäsche in der Waschmachine durchlief und dann in den Trockner kam. Sauber und duftend konnten wir sie dann wieder anziehen.

Sie kochte für uns Nudeln mit einer Fleischsoße mit viel Paprika. Es war köstlich!

Sie erzählte, dass sie vor 70 Jahren, als sie so alt wie Noah war, als Flüchtling nach Ungarn gekommen ist. Sie schämte sich für ihre Regierung, weil die nichts für die Flüchtlinge tat. Sie fragte, ob wir bei ihr bleiben wollten bis unser Zug weiterfuhr, aber das konnten wir nicht. Wir mussten ja auf Vater warten, den wir immer noch nicht erreichen konnten.

Ich durfte ihren Computer benutzen. Zarah hatte geschrieben, schon vor einer Woche. Ihnen geht es gut, aber sie vermissen uns. Von Fady keine Nachricht.

Die Frau hat uns noch frische Handtücher und drei alte Luftmatratzen geschenkt. Dann gingen wir zurück. Unseren Platz am Bahnhof hatte uns die Nachbarfamilie frei gehalten. Wir sitzen nun auf unseren Luftmatratzen und sind seit langem wieder sauber und richtig satt.

Es gibt viele solcher netter Menschen hier am Bahnhof, die in ihrer Freizeit helfen.

Aber es gibt natürlich auch die anderen. Sie machen jeden Abend so eine Art Mahnwache und schauen von oben auf uns herab. Sie halten Schilder hoch, auf denen steht: „We don´t want migrants." Ich würde ihnen so gerne sagen, dass ich auch gar keiner sein möchte. Ich bin auch nicht freiwillig hier.

Einige von den jungen Männern aus dem Irak haben als

Antwort Pappkartons bemalt. Auf Arabisch, Englisch und Kurdisch steht darauf: „Freiheit! Wir wollen doch nur in Freiheit leben!"
Vater hat sich immer noch nicht gemeldet.
Was wir an Hilfe bekommen, machen die freiwilligen Helfer und Hilfsorganisationen. Trotzdem fehlt es an allem: Wasser, Essen, Toiletten. Wir sind einfach zu viele. Alles ist knapp, überall stinkt es nach Urin und Kot.
Die Helfer haben erzählt, dass das neue Gesetz nun tatsächlich ab 15.9. eingeführt wird: Jeder, der sich ohne Visum hier aufhält, wird ins Gefängnis gesperrt. Bis zu drei Jahren. Das hatten wir als Gerücht gehört, aber nicht geglaubt. Nun gibt es einen konkreten Termin.
Es hat sich wie ein Lauffeuer herumgesprochen. Was sollen wir machen? Fest steht, wir müssen hier so schnell wie möglich weg. Mutters Fuß geht es auch besser. Sie wird es schaffen, solange wir nicht größere Strecken zu Fuß gehen müssen.
Aber ausgerechnet jetzt fahren keine Züge mehr Richtung Wien.
Wir hängen fest.
Bis in die Nacht hinein wird überall diskutiert. Wut und Frust, wohin man schaut. Und natürlich kommt es zum Streit. Die Polizei rückt an.
„Wir nehmen den nächsten Zug, der nach Wien geht!", sagt Mutter.
„Und Vater?"
„Sobald sein Akku aufgeladen ist, werden wir uns neu verabreden. Wir können nicht länger warten."

9.9.2015 im Zug nach Wien

Wir sind mit dem letzten Zug abgefahren. Ab morgen werden keine Züge mehr fahren, haben uns die Helfer gesagt.

Da haben wir nicht mehr lange überlegt. Wir haben unsere Rucksäcke genommen und sind so schnell Mutter konnte, die Treppe hochgelaufen. Wir haben keinen Sitzplatz mehr gefunden. Wir sitzen auf dem Boden. Menschen fallen über uns. Es ist ein Höllenlärm von schreienden, lachenden, schimpfenden Menschen.

Egal!

Wir fahren und fahren!!!

Und die Angst fährt mit. Dass es wieder ein Fake sein könnte. Dass der Zug gleich anhält und wir statt in der Freiheit in einem Gefängnis landen, das sich Flüchtlingscamp nennt.

Wien 9.9.2015, 21:00Uhr

Ich weiß nicht, wie das passieren konnte.

Nun habe ich sie alle verloren!!!

Wir sind als Familie aufgebrochen. „Egal, was passiert, wir müssen zusammen bleiben. Wir dürfen uns nicht verlieren!“ Beide, Vater und Mutter, haben Noah und mir das eingehämmert. Und es ist ja auch das Wichtigste. In welchem Land auch immer wir am Ende landen werden, ist egal, Hauptsache wir landen dort gemeinsam.

Sechs Wochen lang ist es gut gegangen. Dann haben wir Vater verloren und jetzt sitze ich hier alleine vor dem Blauen Haus in Wien und habe keine Ahnung, wo Mutter und Noah sind.

Dabei waren wir heute Mittag noch zusammen, glücklich über jeden Kilometer, der uns weg von Budapest Richtung österreichischer Grenze brachte. In der Grenzstadt Hegyeshalom hielt der Zug an. Wir stiegen aus. Als ich die vielen Polizisten am Gleis sah, hatte ich Angst, sie würden versuchen, uns in ein Camp zu stecken oder uns verhaften.

Aber sie begleiteten uns nur zur Grenze. Wir waren mehrere hundert Menschen, die alle nur ein Ziel hatten, möglichst rasch Ungarn zu verlassen.

Irgendwann habe ich aufgehört, all die Länder zu zählen, durch die wir mit dem Bus, dem Auto, und dem Boot gefahren sind, von denen ich vorher nie gehört hatte: Libanon, Türkei, Griechenland, Mazedonien, Serbien, Ungarn und nun Österreich.

Jedes Land hat eine andere Sprache. Wir sind hilflos, verstehen uns nicht. Englisch oder Französisch hilft da auch nicht so viel. Ein Lächeln heißt: „Es ist alles gut. Ich habe nichts gegen dich." Ein finsterer Blick bedeutet „Hau ab! Ich mag dich nicht." Das ist alles, was im Moment zählt.

Wir liefen wie schon so oft mit hunderten anderer Flüchtlinge. Nie haben wir uns aus den Augen verloren, manchmal an den Händen gehalten, damit das nicht passierte.

Ich ging an der Seite von Lorin aus Aleppo, wir hatten sie und ihren Vater im Zug kennengelernt. Auf der anderen Seite Mutter. Noah hatte Fieber. Wir haben ihn abwechselnd getragen. Aber wir hatten auch keine Kraft mehr. Eine Weile hat Lorins Vater ihn getragen. Und dann hat ein Mann, der mit seiner Frau und seinen beiden Kindern hinter uns lief, angeboten, Noah ein Stück auf

seine Schultern zu nehmen. Noah lachte und wir waren erleichtert.
Die Grenze zu Österreich. Wir hatten es geschafft!
Und dann ist alles schief gelaufen.
Jemand rief von weiter vorne. „Die Busse nach Wien! Sie fahren ab!!" Und alle fingen an zu rennen. Wir konnten noch gar keine Busse sehen, aber wir wurden nach vorne geschubst und mussten rennen, sonst hätte man uns überrannt. Jeder wollte mitfahren. Man wusste ja nie, ob später wieder ein Bus kam.
Und dabei habe ich sie verloren.
Ich kam auf einen großen Platz mit weiteren hunderten Flüchtlingen. Helfer vom Roten Kreuz verteilten heißen Tee, Decken und Kleidung. Die Schlangen vor den Bussen waren riesig, jeder wollte so schnell wie möglich weiter.Zuerst lief ich planlos zwischen den Menschen umher. Sie mussten ja auf dem Platz sein. Aber ich fand sie nicht. Noah hatte Fieber. Mutter würde irgendwo in der Schlange stehen. Sie konnte nicht herumlaufen.
Immer neue Flüchtlinge strömten auf den Platz. Die Busse fuhren ab, neue kamen, Menschen stiegen ein, die Busse fuhren ab. Ich lief an den Bussen entlang, die mit Menschen gefüllt waren.
Dann sah ich auf einmal ein bekanntes Gesicht. Es war der Mann, der Noah getragen hatte. Er klopfte ans Fenster. Ich machte ihm mit der Hand ein Zeichen. Er zuckte mit den Schultern, zeigte auf den Platz, zuckte wieder mit den Schultern.
Der Bus fuhr ab.

Ich fragte einen Helfer, was ich machen könnte. Er meinte: „Vielleicht ist sie schon abgefahren. Die Busse fahren nach Wien. Du wirst sie dort wiederfinden. Steig einfach ein."
Aber das konnte ich nicht. Ich suchte weiter. Irgendwann traf ich Lorin wieder, die in der Schlange schon bis nach vorne vorgerückt war. „Komm mit uns!", sagte ihr Vater. „Sie ist bestimmt weitergefahren. Dein Bruder war krank. Vielleicht hat man ihn in ein Krankenhaus gebracht. Sie wird in Wien warten. Hast du versucht, sie anzurufen? "
„Ich erreiche sie nicht. Wahrscheinlich ist der Akku leer."
Also stieg ich mit Lorin und ihrem Vater in den Bus.
Und hier bin ich also. In einer Notunterkunft in Wien. Das Haus ist blau angestrichen. Als wir ankamen, wurden wir erst mal registriert. Lorins Vater hat gesagt, dass ich seine Tochter sei. Papiere hatte er nicht. Jeder konnte sagen, was er wollte. Keiner hat überprüft, ob es stimmt. Wenn ich gesagt hätte, dass ich alleine bin, wäre ich in ein anderes Haus gekommen für minderjährige allein reisende Flüchtlinge. Ich wollte aber bei Lorin bleiben. Sie und ihr Vater sind die einzigen, die ich kenne.
In dem Raum, den man uns zugewiesen hat, stehen drei Betten mit jeweils einer Decke. Sonst ist er leer. Es gibt noch Steckdosen zum Aufladen der Handys. Das ist noch wichtiger als die Decke.
Ich sitze draußen vor dem Haus und warte darauf, dass sie doch noch kommen. Wieder fährt ein Bus vor, Menschen steigen aus. Sie sind nicht dabei.

Die Schlange vor der Eingangstür ist lang. Ich habe alle gefragt. Nur Kopfschütteln. Alle wollen so schnell wie möglich aus dem Regen ins Haus.
Niemand hat Mutter und Noah gesehen.
Das war der letzte Bus für heute.

10.9.2015, 7:00

Ich kann nicht mehr schlafen. Seit zwei Stunden bin ich wach und habe Fotos auf meinem Handy angeschaut. Vierhundert sind es. Die letzten Jahre meines Lebens zu Hause. Qashto, unser Haus, mein Vater, meine Großeltern. Erinnerungen sind alles, was ich nun habe.

11.9.2015, 20:00

Den ganzen Tag hab ich gewartet. Es kamen viele Busse von der ungarischen Grenze. Hunderte von neuen Flüchtlingen. Mutter und Noah waren nicht dabei.
Ich kann Mutter nicht auf ihrem Handy erreichen.

12.9.2015, 11:00

Gleich werden Lorin und ihr Vater in ein anderes Haus verlegt. Es ist ein großes Haus für 800 Flüchtlinge, aber es liegt zu weit vom Bahnhof entfernt. Ich muss hierbleiben. Vielleicht kommen sie ja heute.
Ich habe einen Mann vom Roten Kreuz gefragt, wie ich meine Mutter wiederfinde. Er hat gesagt, alle, die an der Grenze in Nickelsdorf angekommen sind, sind verteilt worden. „Du bist doch in Nickelsdorf angekommen?"
Ich weiß es nicht. „Hegyeshalom oder so hieß der Ort in Ungarn, wo der Zug gehalten hat."

„Dann seid ihr in Nickelsdorf über die Grenze gekommen. Aber nicht alle Busse sind nach Wien weitergefahren. Es gab hier nicht genug Plätze. Einige sind nach Linz oder Graz gefahren.“
„Kann ich da nicht hinfahren?“, habe ich ihn gefragt.
Er hat den Kopf geschüttelt. „Wir müssen doch erst mal herausfinden, wo deine Mutter und dein Bruder überhaupt sind. Und das geht erst, wenn man sie registriert hat, irgendwo. Und dich auch. Mit deinem richtigen Namen. Das wird einige Tage dauern. Sobald ihr alle registriert seid, können wir nachforschen. Vielleicht sind sie ja auch gleich nach Deutschland weiter gefahren. Aber keine Angst. Wir werden sie schon finden!“
Nach Deutschland gefahren? Das glaube ich nicht.
„Mein Bruder war krank. Vielleicht sind sie im Krankenhaus.“
„Auch das werden wir herausfinden.“
Ich weiß nicht, was ich tun soll!

14:00

Ich sitze im Aufenthaltsraum eines Hauses gegenüber vom Blauen Haus. Es ist nur für unbegleitete Kinder und Jugendliche.
Als ich mich von Lorin verabschiedete, haben wir beide geweint. Ich habe mein Handy noch einmal aufgeladen und sie hat versprochen, mich anzurufen, wenn sie weiß, wie es mit ihr und ihrem Vater weitergeht. Sie wollen in Österreich Asyl beantragen.
Der nette Mann vom Roten Kreuz hat mich abgeholt. Wir sind durch die Unterführung auf die andere Straßenseite

gegangen. Das hätte ich auch alleine geschafft, aber weil ich unter achtzehn bin, muss er mich begleiten. Das ist Vorschrift.
Sahid aus Afghanistan ist vierzehn. Er ist auch alleine hier. Er hat mir gesagt, wenn ich mich hier registrieren lasse, kann ich nicht weiter nach Deutschland reisen. Wegen eines Abkommens, das die EU Staaten geschlossen haben. Flüchtlinge müssen in dem Land bleiben, wo sie zuerst registriert wurden. Wenn ich mich hier registrieren lasse und Mutter nach Deutschland reist, dann können wir uns vielleicht nicht mal besuchen. Als Asylbewerber darf man das Land nicht verlassen bis der Antrag durch ist.
Und selbst wenn ich mich registrieren lasse, Mutter wird das nicht tun, denn wir wollten ja weiter nach Deutschland. Also kann man sie erst mal nicht finden und es nutzt nichts, wenn ich mich hier registrieren lasse.
Es ist alles so durcheinander.
Jeder erzählt was anderes.
Mutters Handy ist abgeschaltet.
Ich werde Rafi anrufen.

13.9.2015 Zug nach Passau, 16:00

Rafi hat gesagt, ich soll nicht in Wien bleiben. Ich soll mich auf dem schnellsten Weg nach Deutschland machen. Die Deutschen wollen nun auch ihre Grenzen schließen. Dann kommt keiner mehr durch, sagt er.
Eigentlich wollte ich eine Fahrkarte nach München kaufen. Aber es fahren schon jetzt keine Züge zwischen Salzburg und München mehr. Nach Hamburg, wo Rafi lebt,

ist es zu teuer. Der nächste Ort hinter der Grenze heißt Passau. Dann eben Passau. Bis dahin reicht mein Geld. Mirhad aus Aleppo, den ich am Bahnsteig in Wien kennen gelernt habe, fährt ohne Fahrkarte. Auch wenn sie ihn aus dem Zug holen, freut er sich über jeden Kilometer, den er der deutschen Grenze näher gekommen ist. Er nimmt dann den nächsten Zug, um weiterzufahren.

Als ich ihm sage, dass es vielleicht keinen nächsten mehr geben wird, lacht er. „Es gibt immer einen nächsten. Dann warte ich eben. Auf einen Tag oder eine Woche kommt es jetzt nicht mehr an."

Da hat er Recht. Auch mein Leben hatte mal einen Plan, morgens in der Schule sogar einen, der für jede Stunde das Fach und das Thema festlegte. Um 6:30 stand ich auf, um 14:00 kam ich nach Hause, es gab Mittagessen, danach Hausaufgaben, um 20:00 gab es immer Abendessen. Ich wusste eigentlich immer, wie die nächsten Stunden des Tages aussehen würden. Und ich konnte vieles selber bestimmen.

Jetzt besteht mein Leben aus Zufällen, auf die ich keinen Einfluss habe und aus Entscheidungen, die andere treffen. Heute fährt der Zug und morgen nicht. Du hast schon eine Fahrkarte gekauft? Hast dich gefreut, dass es weitergeht? Pech gehabt. Es fahren keine Züge mehr!

Ein Fluss verläuft neben den Gleisen. Es gibt keine Wellen, die Sonne spiegelt sich auf dem Wasser. Zwei Ruderboote machen ein Wettrennen. Man kann das andere Ufer sehen. Niemand schreit, niemand kentert.

Aber dann schieben sich plötzlich andere Bilder vor meine Augen, Bilder, auf denen wilde Wellen die Boote zum Kentern bringen. Ich höre wieder die Schreie, sehe die Köpfe, die in den Wellen tanzen, bis sie von ihnen verschluckt werden. Die Bilder in meinem Kopf kann niemand löschen.

18:00

Als der Tunnel kam und es dunkel wurde, schloss ich die Augen ganz fest. Aber die Bilder in meinem Kopf flimmerten grell vorüber: *Wir laufen so schnell wir können über die Schienen. Vor uns stolpert eine Frau, fällt hin, schreit, andere laufen über sie hinweg. Ihre Schreie verstummen. Wir können nicht anhalten. Irgendwann, keiner weiß wann, wird ein Zug hier durchdonnern und dann sterben wir alle.*
„Passau“, rief die laute Stimme aus dem Lautsprecher. Den Rest verstand ich nicht. Der Tunnel war vorüber. Es war wieder hell. Aber die Angst blieb. Werden sie uns durchwinken? Oder aus dem Zug holen und zurückschicken? Oder irgendwo auf ein Abstellgleis wie in Ungarn fahren?
Es war unsere Entscheidung zu gehen. Aber wann und wo und ob wir überhaupt irgendwo ankommen werden, liegt nicht in unserer Hand.
Zwei Polizisten gingen durch den Zug. Sie musterten alle ganz genau. „Pass?“
Ich schüttelte den Kopf.
„Syrien?“
Ich nickte.
Er winkte mir zu, ich solle aussteigen.
Ich nahm meinen Rucksack und folgte ihm.
Das war es also. Endstation. Zurück nach ... wohin? Griechenland?

Hamid, ein Iraker, der neben mir saß, zwinkerte mir erleichtert zu. Ihn ließen sie mit seinem syrischen Pass durch. Obwohl der Pass ein Fake war. Das hat er mir selber gesagt. Er hat in Athen einen syrischen Pass gekauft. Syrer zu sein ist von Vorteil, weil bei uns Krieg ist und die Deutschen Kriegsflüchtlinge schützen. Wer nur kommt, weil er arbeiten möchte, ein besseres Leben als zu Hause haben will, muss gehen.

Deggendorf, 14.9.2015, 23:00

Ich war nicht die Einzige, die aus dem Zug geholt wurde. Bestimmt dreißig Flüchtlinge waren es, die alle ziemlich unglücklich aussahen. So kurz vor dem Ziel war es zu Ende.
Sie führten uns aus dem Bahnhof heraus zu einem Platz mit mehreren Zelten. Hier sollte ich mich wieder einmal registrieren lassen und das tat ich dann auch. Ich musste alle meine Finger und den Daumen auf ein Stempelkissen drücken und dann auf ein Blatt Papier. Das machte die Polizei in den Krimis immer mit den Verbrechern, bevor sie eingesperrt wurden.
Waren wir hier Verbrecher? Weil wir illegal waren?
Der Polizist musste lachen, als ich ihn so entsetzt ansah. „Keine Sorge, ich verhafte dich nicht! Gleich kannst du weitergehen. Wie heißt du? Wo kommst du her? Und wie alt bist du?“
Ich sagte ihm die Wahrheit, nur beim Alter log ich.
„Eighteen“, sagte ich. Ich wollte nicht wieder in ein Haus und vom Jugendamt „betreut“ werden, weil ich minderjährig und ohne Angehörige hier war.

Darum bin ich ja schon aus Wien weggelaufen. Wenn Mutter nicht wieder auftaucht, werde ich sie suchen gehen. Aber dazu muss ich über die Grenze zurück. Und das kann ich nicht, wenn ich in einem Haus festsitze und ohne Begleitung keinen Schritt nach draußen machen kann.

Er glaubte mir.

Dann erklärte er mir auf Englisch, was ich schon wusste. Ich musste jetzt hier Asyl beantragen und durfte nicht weiterreisen. Da sie meine Fingerabdrücke hatten, konnten sie mich jederzeit in ganz Europa wiederfinden.

„Und wenn meine Mutter nun in Österreich registriert ist, kann sie dann hierher kommen."

Er schüttelte den Kopf. „Ich glaube nicht. Du bist ja über achtzehn. Wenn du unter achtzehn wärst, kein Problem. Aber so! Vielleicht machen sie ja eine Ausnahme, aber ich glaube eher nicht."

Und da merkte ich, dass ich einen Fehler gemacht hatte.

Ich wollte dem freundlichen Polizisten gerade erklären, dass ich „sixteen" hatte sagen wollen. Ich hatte nur das falsche englische Wort benutzt, aber die nächsten Flüchtlinge warteten schon ungeduldig und so schickte er mich weiter.

Ich hoffte nur, dass Mutter ihre Fingerabdrücke nicht in Österreich abgab. Dann müsste sie dort bleiben und ich hier.

Mit dem Bus sind wir dann hierher gefahren worden. Wo wir sind, weiß ich nicht genau. Irgendwo in Deutschland in einem Dorf hinter der Grenze.

15.9.2015, 1:00 nachts

Ich wohne nun in einem Camp für Flüchtlinge. Das Camp wird von Wachleuten bewacht. Man wird ärztlich untersucht und bekommt eine Art Ausweis und einen Schlafplatz in einem großen Zelt.

In langen Reihen stehen darin die Liegen. In meinem Zelt sind nur Familien mit Kindern. Sie sind alle sehr freundlich zu mir.

Trotzdem habe ich meinen Rucksack unter meinen Kopf gelegt. Nach acht Wochen Flucht habe ich gelernt, dass auch die freundlichsten Menschen zwei Gesichter haben: mit dem einen lächeln sie dich an und mit dem anderen klauen sie dir alles, was du nicht fest am Körper hast.

Es gibt Zeiten zum Duschen und dreimal am Tag gibt es etwas zu essen. Da ich nun offiziell achtzehn bin, kann ich raus und rein spazieren, wie ich möchte. Beim Hereingehen muss ich meinen Ausweis zeigen.

Und zur Begrüßung sagen sie hier: Grüß Gott! So was wie: Salem aleikum!

15.9., 8:00

Ich habe Rafi angerufen. Er hat sich gefreut, dass ich es geschafft habe. Ich würde gerne zu ihm nach Hamburg kommen. Wir könnten in seiner Wohnung auf Mutter und Noah und Vater warten.

Er hat uns die ganze Zeit belogen. Er hat gar keine Wohnung. Er lebt mit drei anderen aus Syrien in einem Zimmer in einer Flüchtlingsunterkunft. Er hat auch noch keine Arbeit. Er muss warten bis sein Asylantrag genehmigt ist.

Und außerdem kann ich nicht einfach so zu ihm fahren. Das ist verboten. Ich muss warten, bis man mich in Deutschland in eine andere Einrichtung für Flüchtlinge verteilt. Irgendwohin, wo Platz ist.
Wir waren sehr naiv. Es wird noch Jahre dauern bis wir ein normales Leben führen können.
„Aber Noah und du, ihr habt Glück! Ihr seid unter achtzehn", meinte Rafi. „Da werdet ihr sofort in die Schule gehen können."
Als ich ihm sagte, ich habe mit meinem Alter gemogelt, meinte er, ich sei ein Idiot! Dann wird das nichts mit der Schule und nur wenn ich Glück habe, kommen Mutter und Noah in die gleiche Einrichtung.
Was soll ich denn jetzt bloß machen?

Deggendorf, 16.9.2015, 10:00

Mutter hat sich gemeldet!! Sie ist in Linz irgendwo zwischen Wien und Salzburg in einer Notaufnahme und konnte da endlich ihr Handy aufladen. Noah hatte hohes Fieber. Darum ist sie erst mal dort geblieben, aber sie will morgen weiterfahren. Noah geht es inzwischen besser.

Auch von Vater hat Mutter eine Nachricht bekommen. Sein I-Phone hat man ihm geklaut. Er hat vom Handy eines Bekannten angerufen.
Vater hatte keinen neuen Versuch über Ungarn gemacht, sondern war gleich über Kroatien und Slowenien weiter gegangen. Die slowenische Polizei hat aber den Zug, in dem er aus Kroatien kam, angehalten und alle nach Kroatien zurückgeschickt. Aber noch gibt es dort keinen

Grenzzaun und er wird es noch einmal auf einem anderen Weg versuchen.
Mutter glaubt, es ist nur eine Frage der Zeit, wann er zu uns stößt.
Ich habe ihr erzählt, dass ich eine falsche Angabe über mein Alter gemacht habe. Zum Glück war sie nicht böse. Sie hat ja mein letztes Zeugnis mitgenommen, da steht mein Geburtsdatum drin. Sie wird versuchen, dass es nach Deggendorf gefaxt wird.

16:00

Mit Mariam war ich im Ort.
Mariam kommt auch aus Damaskus, sogar aus unserer Gemeinde. Sie ist mit ihren Eltern und drei kleinen Brüdern hier. Sie schläft im Bett neben mir. Wir haben uns alle umarmt und geweint. Jetzt fühle ich mich nicht mehr ganz so alleine.
Sie haben hier auch eine Marienkirche. Am Brunnen davor steht eine Marienstatue! Sie sieht aus wie bei uns. Mariam war schon öfter in der Kirche. Sie geht dort immer hin, wenn sie traurig ist.
Als wir die Tür öffneten, schlug uns die Stille entgegen. Wenn man sie wieder schließt, bleibt der Lärm der Straße draußen. Ich habe die Stille vermisst. Das merke ich jetzt erst.
Die Farben leuchten nicht so wie in der Marienkathedrale bei uns oder im Suq. Es sind leise Farben, passend zur Stille. Weiß und zartrosa und Gold.
Als wir herausgehen, zeigt sie mir die Statue oben auf dem Dachvorsprung: Maria mit dem Kind und um sie

ein Kranz aus goldenen Strahlen. Darunter steht *Patrona Bavariae*. Es sind die ersten Wörter, die ich lesen kann: Schutzpatronin von Bayern.
Es ist ein bisschen wie zu Hause, sagte Mariam. Ich habe genickt und an eine andere Statue gedacht, die die oben über Maalula steht.
Ja, es ist ein bisschen wie zu Hause.

19:00

Sie haben mich ins Büro gerufen. Ich hatte Angst. Der Mann hat auch sehr böse geschaut. Ich darf nicht noch mal falsche Angaben machen, hat der arabische Übersetzer gesagt. Das Fax aus Linz ist angekommen mit meinem Zeugnis.
Im Büro versprechen sie mir, dass sie Mutter und Noah nach Deggendorf schicken, sobald sie in Deutschland ankommen.
Ich bin verrückt vor Glück.

17.9.2015, 11:00

Die Deutschen haben die Grenze geschlossen. Niemand kommt mehr rein! Und niemand kann mir sagen, wann sie die Grenze wieder auf machen.
Mutter und Noah sitzen in Salzburg fest. Sie warten zusammen mit anderen Flüchtlingen in der Tiefgarage unter dem Hauptbahnhof.
Mutter ist verzweifelt. Es gibt Helfer, die Essen verteilen und Decken, aber Noah ist noch nicht ganz gesund. Mutter hat Angst, dass das Fieber wieder kommt.
Ich bin auch verzweifelt.

Marienkirche, 13:00

Die Kirche ist der einzige Ort, wo ich nicht ständig daran erinnert werde, dass ich nirgendwo hingehöre.
Draußen vor der Tür laufen überall die Menschen mit den Plastiktüten in der Hand und den Rucksäcken auf dem Rücken und dem müden Blick im Gesicht. Sie laufen planlos umher auf der Suche nach einem Ort, wo sie bleiben können.
Ich kann sie nicht mehr sehen!
Jeder einzelne von ihnen erinnert mich an das, was aus mir geworden ist und was ich nie werden wollte: ein Flüchtling, illegal, ohne das Recht, über sein Leben zu entscheiden. Dankbar für ein bisschen Suppe und ein Bett im Zelt.
Ja, ich bin dankbar dafür. Aber ich war lieber am anderen Ende: da, wo ich helfen konnte.

16:00

Ich weiß nicht mehr, wie lange ich schon in der Kirche war, als sich Mariam neben mich setzte. Ich hatte sie nicht kommen hören. Sie hat gesehen, wie ich aus dem Camp gelaufen bin und ist mir gefolgt.
Sie sagte nichts, legte nur den Arm um mich. So saßen wir lange nebeneinander.
Dann holte sie auf einmal ihr I-Phone heraus. Und plötzlich erklang das *Ave Maria* durch die Kirche. Mein *Ave Maria*. Mein Solo, das ich an Weihnachten gesungen hatte. Als Fady zugehört hat.
„Woher ...?“
„Psst“, machte Mariam und legte ihren Arm wieder um mich. So saßen wir da, ich weiß nicht wie lange und hör-

ten in einer Endlosschleife das *Ave Maria*. Und unsere Träume flogen Hand in Hand zurück nach Damaskus.

18:00

Der Name Salzburg ging mir nicht aus dem Kopf. Ich hatte ihn irgendwann schon einmal gehört. Dann fiel mir Vaters Freund Jaron aus Damaskus wieder ein. Sein Sohn Efrem war in Salzburg. Ich hatte seine Nummer eingespeichert.

Ich habe ihn angerufen. Er wohnt in einer kleinen Wohnung mit anderen Flüchtlingen. Er hat versprochen, sich um Mutter zu kümmern.

22:30

Es sind viele Wolken am Himmel. Wo die Venus heute steht, kann ich nur erahnen. Trotzdem habe ich dir meinen schönsten Traum hinaufgeschickt, Fady. Ich hoffe, er trifft sich heute Nacht mit deinem. Ich bin sicher, unsere Träume ähneln sich sehr.

18.9.2015

Efrem hat Mutter und Noah in der Tiefgarage gefunden und in seine Wohnung geholt. Sie können dort eine Nacht bleiben. Er hat für sie gekocht und morgen bringt er sie zu einem Linienbus.

Die Busse nehmen Flüchtlinge mit. An der Grenze müssen sie zwar aussteigen, aber sie dürfen zu Fuß rüber. Wie genau das geht, weiß Efrem nicht, aber ein Bekannter von ihm hat es auch so geschafft. Mutter und Noah werden irgendwann in den nächsten Tagen hier ankommen.

Wieder muss ich warten. Aber was sind schon ein paar Tage mehr? Warten habe ich gelernt in den letzten Wochen, auch wenn es nie mein Lieblingsfach werden wird.

19.9.2015

Heute ist mein Glückstag: Fady hat eine Mail geschickt! Wann immer es eine Möglichkeit gab, hatte ich meine Mails in meinem neuen Postfach gecheckt. Aber es gab bisher nur Werbung und Nachrichten aus Damaskus von Zarah.

Von Fady keine Spur ... bis heute! Er ist in Istanbul. Seine Mutter und seine beiden Geschwister hat er in Beirut im Flüchtlingslager untergebracht und ist alleine weitergeflohen. Auf dem Landweg, weil er nicht genug Geld hatte. Nun ist er völlig pleite und arbeitet auf dem Basar in der Altstadt, bis er genug Geld hat, um weiterzureisen.

Weil es mein Glückstag ist, bin ich mit Mariam ins Eiscafé gegangen. Wir haben Vanilleeis mit Pistazien gegessen. Mariam fand, es sei genauso gut wie in Damaskus. Aber das stimmt nicht. Es schmeckt nur, wenn ich dabei das Lachen in deinen Augen sehen kann, Fady.

Allah yisallimak oder pfüet di, wie die Leute hier sagen. Es bedeutet dasselbe: Gott beschütze dich, Fady, bis wir wieder gemeinsam Vanilleeis mit Pistazien essen können ... eines Tages ... irgendwie ... irgendwann ... irgendwo.

Dortmund
Düsseldf.
Köln
DEUTSCHLAND
Frank-
furt
Nürnberg
Deggendorf
Passau
München
Salzburg
Linz
Wien
Berlin
Leipzig
Prag
TSCHECHIEN
POLEN
Posen
Łódź
Warschau
Breslau
Krakau
SLOWAKEI
Bratislava
Hegyeshalom
Budapest
UNGARN
Bern
Vaduz
L.
SCHWEIZ
ÖSTERREICH
Mailand
Turin
Genua
Laibach
SLOWEN.
Zagreb
KROATIEN
Venedig
ITALIEN
Adriatisches Meer
BOSNIEN
HERZEG.
Sarajevo
Belgrad
SERBIEN
Klausen
RUM
Kron
Monaco
Florenz
SAN
MARINO
MONTE-
NEGRO
KOS.
Priština
BU
Podgorica
VATIKAN
Rom
Tabanovce
Skopje
MAKEDONIEN
Thessal
ALBANIEN
Tirana
Neapel
Tyrrhenisches
Meer
Cagliari
GRIECHEN-
LAND
Patras
Palermo
Messina
Ionisches
Meer
Sizilien
Mittelländisch
TUNESIEN
Tunis
Sfax
MALTA
Valletta
100 0 100 200 300 400 km
© Ed. Hölzel, Wien
Tripolis
Misrātah

Kiew
Charkiw
Wolgograd
RAINE
Dnipropetrowsk
Donezk
Rostow am Don
Kischinew
Tiraspol
Odessa
Krasnodar
Krim
Sewastopol
Sotschi
Sukhumi
GEORG
Constanta
Schwarzes Meer
Trabzon
Istanbul
Ankara
Bursa
TÜRKEI
Kayseri
İzmir
Adana
Antalya
Mersin
Haleb
Bodrum
Latakia
SYRIEN
Rhodos
Nikosia
Tripolis
Beirut
ZYPERN
LIBANON
Damaskus
Meer
Ammān
Jerusalem
Port Said
Gaza

Carolin Philipps wurde 1954 in Meppen (Niedersachen) geboren. Sie hat Geschichte und Englisch studiert. Seit 1989 schreibt sie Kinder- und Jugendbücher. Schon ihr erstes Buch wurde in mehrere Sprachen übersetzt, erhielt viele Preise und wurde für das Fernsehen verfilmt. Spätestens nach der Auszeichnung mit dem Mentioning Award der Unesco für Frieden und Toleranz im Jahr 2000 gehört Carolin Philipps zu den bekanntesten deutschen Kinder- und Jugendbuchautoren. Ob Analphabetismus, Rassismus oder Homosexualität – ihre Bücher sind ein Plädoyer für mehr Toleranz. 2011 wurde sie mit dem österreichischen Jugendbuchpreis und dem Schweizer Bookstar Award ausgezeichnet.